LITTLE WILD BOY

Timothé Balzotti

LITTLE

WILD

BOY

© Timothé Balzotti, 2020
Couverture : Charlyn Design
Maquette : Calixthe Tandia

1
La danse des garçons

2019
La soirée d'anniversaire d'Adèle

Louis entra dans la pièce d'un pas décidé, traduisant une assurance naturelle. Un jeune homme le précédait, vêtu d'un long manteau et d'une paire de rangers. Son accoutrement était si particulier qu'il induisait un besoin des plus transparents de vouloir plaire. En entrant dans la pièce, son visage était pourtant figé et son corps crispé au plus haut point. Louis se retourna brièvement, il hocha la tête vers le jeune homme et, d'un geste propre à lui-même, il lui lança un clin d'œil. La réponse fut brève, un petit sourire nerveux, puis il comprit : son ami se voulait rassurant.

Lorsqu'ils arrivèrent dans la salle principale, une musique populaire sortant tout droit du début des années 2000 se fit entendre, rendant l'atmosphère nostalgique. Un bon nombre de personnes étaient présentes, le jeune homme se sentit soudainement nerveux à l'idée de devoir faire la conversation et douta de plaire malgré sa tenue au sommet de l'art. Il sentit que les regards se jetaient sur eux.

— Louis, je suis tellement heureuse que tu aies pu venir à la soirée ! dit une charmante jeune femme.

Louis s'empressa de présenter son ami afin de le mettre à l'aise :

— Les amis, je vous présente monsieur Baroni !

— Ton ami n'a pas de prénom, Louis ? demanda la jeune femme. Il se décida à prendre les devants.

— Je m'appelle Jules !
— Très bien, monsieur Jules Baroni, eh bien, ravie de vous rencontrer, je ne dirai pas que Louis a beaucoup parlé de vous. À vrai dire il préfère parler de lui la plupart du temps ! Mais il a tout de même daigné me raconter quelques parties excitantes de votre vie ! Je suis Adèle ! lança-t-elle, d'une merveilleuse spontanéité.

Le jeune homme eut un sourire en coin. Louis, quant à lui, eut l'air totalement indifférent à sa provocation. Il partit à la rencontre d'un autre groupe dont il fut rapidement le centre de l'attention.

Jules décida de rester avec la jeune femme, il ressentit une sympathie irrépressible envers elle sans même la connaître. Elle présentait pourtant, comme la plupart des personnes présentes, beaucoup de différences avec le garçon. Pas besoin d'une grande expérience en analyse pour le percevoir : ce sourire serein, cette gestuelle nonchalante étaient caractéristiques de ce qu'il ne savait reproduire. Son insouciance le fascinait, elle était si différente et si proche à la fois. Il était tellement plongé dans ses réflexions qu'il se rendit compte, après quelques minutes, qu'il n'avait même pas pris la peine d'engager la conversation.

— Alors, est-ce que vous connaissez Louis depuis longtemps ? dit-il, bien que sentant la question excessivement banale.
— J'ai l'impression de l'avoir toujours connu, un peu comme tout le monde ici, répondit-elle d'une voix forte afin de se faire entendre à travers la musique assourdissante.

La réponse fit Jules se sentir à part dans cette soirée, l'inconnu, le figurant dont personne ne se souviendrait. Il voudrait plaire sans trop se faire voir, comme une personne ne voulant que les avantages sans les inconvénients d'une vie de populaire, le tout accompagné d'une fâcheuse tendance à la maladresse. Comment plaire quand on est un médiocre séducteur ? Comment se sentir à sa place quand la vie vous a habitué à la solitude ? Il s'interrogea longuement au sujet de la façon d'appréhender cette soirée, notamment dans une situation comme la suivante où il devrait converser avec une jeune femme des plus resplendissantes. Il trouva de multiples réponses, mais l'application en était toujours douteuse.

Louis fit une nouvelle apparition.

— Alors tu t'amuses ? Laisse-moi te servir un verre ! dit-il tout en attrapant une bouteille d'un geste vif.

— Tout se passe bien, Louis, c'est une belle soirée !

C'était réponse bien mensongère. De plus, Jules venait tout juste de remarquer que la jeune Adèle n'était plus parmi eux. Le dicton « agir plutôt que parler » prit tout son sens. Louis décida de lui offrir une cigarette, qu'ils allèrent apprécier ensemble, sans se rendre compte que ce geste était signe d'une grande libération pour Jules. Ils passèrent d'un lieu où le besoin de compétences sociales était fort élevé à un endroit paisible. Le garçon se calmait peu à peu, reprenant ses esprits et retrouvant son courage. Il se sentit prêt à rentrer quand il entendit une voix dans son dos.

— Vous me suivez, les amis ?

C'était encore Adèle, elle avait eu l'idée de profiter de l'air frais au grand étonnement de Jules.

— Nous ne sommes pas là pour toi, chère amie ! répondit Louis d'un air hautain, puis il rentra lui aussi.

Jules décida de rester sur la terrasse, ce qui n'est bien sûr pas anodin : il voulait rester proche de la jeune femme. Il était prêt à se lancer et à engager la conversation, bien décidé à plaire dorénavant. Adèle avait le regard porté vers l'horizon quand elle aperçut une voiture arriver au loin. Elle sembla reconnaître une personne familière puisqu'un grand sourire se découvrit sur son visage.

— Est-ce que tout va bien ? l'interrogea Jules.

— Oui même très bien ! Le meilleur pour la fin vient tout juste d'arriver ! Je vais descendre le rejoindre, rentre aussi si tu veux, il fait froid ici !

Elle ne pouvait pas mieux dire : Jules ressentit brusquement un grand froid, une déception amère, alors qu'il était enfin prêt à faire le premier pas. Il avait compris sans qu'elle eût besoin de le dire qu'Adèle avait un petit ami.

— Je vais rester un peu ici, mais merci ! répondit-il sans s'apercevoir qu'il était bien facile de décrypter sa déception après avoir été stoppé en plein élan sentimental.

Jules, jeune garçon encore sauvage, avait conscience de sa maladresse et de son caractère tout sauf séducteur. Il s'était pourtant déjà imaginé avec Adèle, rêvant de finir la soirée à ses côtés. La frustration s'était à présent emparée de lui.

Un jeune homme à l'allure trahissant une mentalité virevoltante et aux yeux cernés, sans doute par l'abus de festivité, arriva à la terrasse. Il avait une clope au bec, si c'était effectivement du tabac. D'une confiance absolue, il lui demanda :

— Est-ce que tu aimes le billard ?

Étonnante entrée en matière pour un inconnu, mais cela fit le bonheur de Jules. Lui qui avait toujours peur d'être jugé se sentit rassuré face à cette personne à l'attitude extrêmement désinvolte.

— Eh bien, disons que je me débrouille ! dit-il d'une voix hésitante, trahissant son niveau de jeu plutôt médiocre.

— Eh bien, cher ami, tu seras mon partenaire dorénavant !

— Oh, mais oui ! Je t'ai vu tout à l'heure au balcon pendant que j'étais avec Adèle, elle semblait heureuse de ton arrivée !

Jules appréciait l'invitation du jeune homme, mais il devrait pour cela se confronter à la foule, entrer dans l'œil du cyclone et faire équipe avec le prétendu copain d'Adèle, ce qui le rendait d'autant plus jaloux.

— Adèle ? Elle était heureuse, vraiment ? Tu es sûr ? répondit-il sourire aux lèvres.

— Eh bien oui !

— Je suis son frère, mon ami !

— Le tournoi peut commencer, vous connaissez tous les règles, alors c'est parti ! cria une jeune femme.

Bien sûr Jules n'était pas un expert alors il s'empressa de questionner son nouvel équipier.
— Et quelles sont les règles ?
— C'est très simple ! Tu rates un coup, tu bois, tu réussis un coup, ils boivent ! répondit-il tout en gardant un œil sur le jeu.

L'appât du gain intéressa Jules, il se questionna néanmoins :
— Mais que se passera-t-il si nous venons à gagner ?
— Si nous gagnons, et nous allons gagner, je te l'assure, nous déciderons d'une règle que l'ensemble des personnes présentes devront suivre, dit le jeune homme, toujours aussi concentré sur le jeu.

Cette règle parut bien puérile à Jules, mais il se sentait enjoué d'avoir un partenaire de jeu et de pouvoir enfin se montrer en gardant une certaine discrétion, caché derrière ce garçon au charisme remarquable. Ils enchaînèrent les confrontations les unes après les autres, le frère d'Adèle tenait ses promesses. Ils gagnèrent sans aucune difficulté malgré l'enchaînement de nombreux verres. Puis, la finale arriva et Jules se retrouva face à un visage qui lui était familier : c'était Adèle accompagnée d'un charmant jeune homme. Il se tenait face à la table, l'air déterminé trahissant sans le moindre doute le caractère d'un mauvais perdant, il voulait impressionner la jeune femme !

Le frère n'eut aucune pitié pour sa chère sœur et gagna la partie sans le moindre problème.
— Je déteste quand des mecs lui tournent autour ! Je suis Jack, un plaisir de t'avoir rencontré, mon vieux !

Jules afficha un sourire sincère, la personnalité de Jack lui plaisait énormément.
— Je suis Jules ! répondit-il.

C'était maintenant à eux, l'équipe victorieuse, de décider de la règle que la totalité des personnes présentes devrait adopter. Jules devint très nerveux à l'idée de devoir prendre cette décision, il préférait laisser le choix à Jack et se cacher derrière lui.

— Peut-être que nous pourrions faire boire un verre à tout le monde ! dit Jules, voulant minimiser la gravité de la règle.

Mais l'idée était bien trop classique et elle parut fade à Jack qui semblait doté d'une imagination débordante dans ce registre.

— Nous allons organiser une danse, je veux dire, une belle danse, ça me donnera l'occasion de rencontrer quelqu'un !

Le garçon trouva cela très étonnant et en aucun lien avec l'idée qu'il pouvait se faire de Jack.

— Tu ne crois pas que c'est un peu classique, voire passé comme idée ? dit Jules.

— Eh bien, mon ami, je te pensais plus malin. Par ce fait, nous obligeons les personnes à se trouver un partenaire, que ce soit ton meilleur ami ou la fille qui te plaît, c'est la meilleure façon de se rapprocher et garder un beau souvenir et plus si affinités ! s'empressa-t-il de lui faire savoir.

Jules trouva l'idée surréaliste, étant un piètre danseur. Il analysa bien vite que la situation était bloquée pour lui. Au loin, Louis parlait à une fille de façon très familière. Avant même d'avoir la possibilité de réfléchir encore un peu, et de certainement repartir fumer sur le balcon, Jack cria :

— Nous allons organiser quelques danses, je vous invite à tous trouver une partenaire ou un partenaire, et pas de questions, vous êtes tous obligés de participer !

Ce discours semblait presque dictatorial. Le brouhaha s'amplifia : des personnes commencèrent à regarder à droite à gauche afin de trouver le partenaire idéal ou l'amour caché. Jules n'avait pas eu son mot à dire, il se dirigea en direction de la terrasse afin de se retrouver seul et d'échapper au gage. Au moins, là-bas il serait en paix avec lui-même, seulement accompagné de ses nombreuses réflexions.

Cela se voyait, Jack se sentait chez lui à cette soirée, il aimait étonner et surprendre. Et ce fut Jules qu'il surprit une fois de plus lorsque, d'un seul coup, il se tourna vers lui en disant :

– T'es pas très doué avec les filles, non ?
– Eh bien, je ne suis pas très doué tout court, j'imagine ! répondit le garçon entre ironie et réalisme.
– Dansons ensemble si ça peut t'aider ! Les filles vont trouver ça drôle !

Jules n'était pas bien sûr de l'idée, mais il décida de se laisser tenter. Ils se lancèrent bras dessus, bras dessous sur la piste de danse. Les personnes présentes n'avaient pas l'air surprises, il fallait croire que Jack avait l'habitude de ce genre de pratique. Après une dernière danse, si on peut l'appeler ainsi, ils allèrent sur la terrasse pour fumer.

– C'était vraiment très drôle et plutôt original ! dit Jules.
– Oui, désolé tu n'as pas eu la cote avec une seule fille. Ça fait du bien de s'amuser, je peux oublier les problèmes du quotidien !

Il était étonnant de voir que Jack pouvait avoir des problèmes, ainsi que l'envie d'en parler. Il semblait pourtant être une personne pleine d'énergie et heureuse.

– Est-ce que tout va bien pour toi ? questionna Jules.
– Oui, tout va très bien, mais c'est le temps des changements, tu sais. Nous devenons adultes et ça implique de prendre des décisions.

Jules ne comprenait pas vraiment où le jeune homme voulait en venir.

La vérité, et Jack finit par la lui avouer, c'était qu'il vivait encore avec sa mère souffrante d'un cancer en phase terminale, ainsi qu'avec sa petite sœur Adèle pour laquelle il avait organisé cette soirée. Ils s'occupaient d'elle après leurs heures de travail. D'un autre côté, sa copine le poussait à emménager avec elle, mais il ne voulait pas abandonner sa famille.

La soirée continua jusqu'à des heures tardives, ou matinales selon les points de vue. Ils dormaient presque tous sur place. Une fois réveillé, Jack décida de partir dans les premiers en n'oubliant pas de prendre les coordonnées de Jules afin de le recontacter au plus vite. C'était une relation amicale naissante et déjà pleine de confiance. Jules était des plus heureux, d'autant plus que la sœur de Jack l'intéressait. Il rentra quelques heures plus tard avec Louis par le bus, puis le train les menant à une petite bourgade de campagne. Ils discutèrent de la soirée dans le train, Jules eut l'idée d'envoyer un message à Jack afin d'avoir de ses nouvelles :

Alors, bien rentré, l'ami ?

Les heures de trajet passèrent et aucune nouvelle de Jack. Jules se demanda s'il avait noté le bon numéro. Il décida donc de vérifier auprès de Louis qui confirma que le numéro était le bon. Louis décida d'appeler Jack, ce qu'il faisait de temps en temps quand il avait besoin de rigoler un peu.

— Bonjour, vous êtes un ami de la personne ? dit un homme d'une voix grave.

Sans comprendre, Louis répondit :

— Oui, je suis un ami de Jack !

— Votre ami a eu un accident de voiture. Il est actuellement à l'hôpital dans un état grave, il ne s'en sortira certainement pas, je suis désolé !

Louis raccrocha sans un mot. Jules était inquiet, il ne comprenait pas pourquoi son ami ne lui parlait pas.

— Qu'est-ce qu'il y a ? demanda-t-il.

De plus en plus pâle, Louis prit une large respiration avant de dire du bout des lèvres :

— Jack est à l'hôpital !

— Comment ça « à l'hôpital » ? répondit Jules.

— Oui, à l'hôpital, et il ne s'en sortira certainement pas...

2
Sing, sing, sing…

3 ans plus tard
Août 2022

Quel était ce lieu ? Quel était ce pays ? Une musique retentit, un air de trompette dominait l'atmosphère, sur la devanture d'un bar, on pouvait lire : « The Black Cat Music Club ». Un homme au fort accent américain se retourna vers une bande de garçons.

— Messieurs les Français, bienvenue à Frenchmen Street.

Les garçons enjoués rentrèrent dans le club. L'Américain se retourna encore vers eux :

— Qu'est-ce que vous aimeriez boire, les enfants ?

— Eh bien qu'avez-vous à nous proposer ? demanda l'un des Français.

— Le meilleur bourbon de la maison, mes amis !

Il servit un verre aux trois individus étonnamment surpris, l'un des garçons, semblant être le benjamin, questionna l'homme :

— Vous avez encore le droit de vendre de l'alcool ?

— Bien sûr que non, c'est bien pour cela que je vends de l'alcool ! dit-il d'un grand sourire.

La récente prohibition n'avait pas épargné La Nouvelle-Orléans. Malgré cela, les festivités se faisaient entendre jour et nuit.

— Mais ce n'est pas un business risqué ? interrogea encore le benjamin.

— Comment t'appelles-tu, mon jeune ami ? répondit l'Américain.

— Je m'appelle Jules, monsieur !

Le garçon n'avait pas vraiment eu de réponse à sa question.

— Mon jeune ami, l'alcool n'a jamais aussi bien marché que depuis qu'il est interdit ! dit l'Américain, posant sa main sur l'épaule de Jules tout en le fixant droit dans les yeux.

Le jeune homme fut impressionné par la prestance de l'Américain que tout le monde appelait ici « Pat » pour Patrick certainement. Son prénom n'était pas la seule chose qui sonnait irlandais, Pat avait la peau d'une grande pâleur, une chevelure rousse et une coiffure digne d'un grand Elvis. Il portait ce costume trois-pièces auquel il apportait un soin particulier, lui qui avait passé son enfance dans des vêtements toujours déchirés ou bien trop grands pour lui. Il aimait parler aux personnes et connaissait plusieurs langues grâce à cela, mais les femmes dans sa vie y étaient aussi pour quelque chose. C'était un businessman vagabond, marginal avec un sens ardu des affaires. Il décida d'interroger les garçons sur leurs motivations dans un français approximatif :

— Alors, les garçons ? Vous cherchez des filles et de quoi vous amuser ? Vous savez qu'on m'a beaucoup parlé de vous ?

— Nous venons ici d'abord pour réussir, monsieur ! dit l'aîné de la petite bande.

— Toi, je t'aime bien, le Français, qui es-tu ? dit Pat.

— Je suis Louis, monsieur ! répondit le garçon, l'air aussi impressionné que Jules par le charisme de l'Américain.

— Ce prénom sonne bien ici ! Nous devrions nous revoir pour parler business alors !

— Avec plaisir ! rétorquèrent les garçons en chœur.

— Je vous contacterai en temps voulu !

Les garçons décidèrent de profiter du reste de la soirée avant de repartir pour un appartement situé au centre-ville. Ils partageaient la même chambre ; en tant qu'aîné de la bande, Louis prenait le plus grand lit. Jules avait le droit à la place du dessus d'un lit superposé très bancal, le cadet, quant à lui, se tenait à la place du dessous. Son nom était Alban.

— Qu'avons-nous de prévu pour demain ? demanda-t-il.

— Tu n'as vraiment pas de tête ! Demain, nous allons chercher Adèle à l'aéroport... dit Jules.

— Je l'avais totalement oubliée celle-là, et que faisons-nous si Pat vient à nous contacter ? Et comment a-t-il eu nos coordonnées déjà ? répondit Alban sans même laisser le temps à Jules de terminer.

Louis décida de prendre les choses en main :

— Pat a nos coordonnées, car je l'ai contacté auparavant quand on était encore en France par le biais du Russe. C'est la personne propriétaire de cet appartement, pourquoi croyez-vous que le prix soit si bas ? Si nous recevons un appel, nous aviserons, pensons au gain plutôt qu'à nos émotions, les gars !

Alban et Louis n'étaient pas du genre à faire dans la dentelle. Louis était ce jeune adulte, grand et intrépide, quand Alban était ce personnage impulsif qui avait un avis tranché sur tout. Il n'appréciait guère Adèle, elle était trop féminine pour lui. En vérité, il ne la supportait pas, car elle se permettait de faire tout ce que les hommes ne tolèrent pas chez une femme aussi bien moralement que physiquement. Sa différence et son indépendance étaient sublimes pour certains et intolérables pour d'autres, comme pour Alban qui était habitué à un monde masculin.

Le matin venu, les garçons se décidèrent à aller manger en ville avant de prendre un bus pour rejoindre Adèle à la gare. À peine arrivée en Amérique, elle avait décidé de visiter les alentours.

Pendant le repas, le téléphone de Louis sonna.

— C'est Pat, retrouvons-nous ce soir au bar à 20 h !

— Bien sûr, répondit Louis qui semblait n'avoir pas d'autre option que de dire oui.

La bande de garçons était à la fois excitée et craintive.

— Nous devons y aller, les gars, Adèle doit déjà être arrivée ! dit Jules.

La vérité, c'était que la jeune femme aimait plus que tout son indépendance, cette fierté d'être libre dans cette nouvelle ville pleine de promesses. La sonnerie du portable de Jules retentit, c'était elle.

– Alors, vous êtes où, les gars ? Je suis déjà en ville dans un restaurant bien sympa tenu par un Italien, je vous attends !

– Dis-lui qu'on se retrouve à l'appartement, puis que nous irons chez Pat tous ensemble, dit Louis, entendant la discussion et ne pouvant s'empêcher d'intervenir.

Ce choix n'était pas si anodin. En effet il n'y aurait rien de pire que d'être vu chez des Italiens après avoir fait affaire avec un Irlandais. Il était connu en ville qu'une guerre était en plein essor entre ces deux communautés.

Le soir venu, ils se rendirent tous chez Pat. La soirée dura des heures avant que l'Irlandais ne se manifeste enfin. Adèle, elle aussi, n'arriva que lorsque les garçons ne l'attendaient plus. Entendant une musique qui lui plaisait, elle s'empressa d'aller danser. Restant à sa place, Jules gardait toujours un œil sur elle. Une personne au bar s'approcha des garçons en indiquant que Pat était à l'arrière du bar. Ils se rendirent donc à l'emplacement afin de parler affaires avec le patron. Pat avait un air sérieux ce soir-là, il dévoilait son vrai visage de businessman.

– Je vous veux de mon côté ! De nouvelles opportunités nous attendent notamment grâce à la nouvelle prohibition, vous savez qu'on m'a bien vendu vos services et je compte en profiter ! J'ai besoin de trois gars comme vous pour m'épauler.

Les garçons se connaissaient et ils savaient naturellement que Louis avait la carrure du leader, Alban était la force du groupe, quant à Jules, il était le cerveau.

– Si tu l'acceptes, je serai ton bras droit, Alban s'occupera de la sécurité entourant nos affaires, Jules est un intello, tu peux lui faire confiance pour gérer nos finances ! dit Louis.

– Ça me plaît ! Ça me plaît ! Revenez vers moi d'ici peu avec un plan détaillé de mise en place et nous commencerons dès que possible, notre empire n'attend pas, les enfants !

Ils retournèrent tous au bar pour trinquer à cette nouvelle collaboration.

– Très belle jeune femme que vous avez là ! dit Pat en désignant Adèle toujours en pleine danse.

– Oui, c'est une très belle fille... murmura Jules.

Les mois passèrent et la vie à La Nouvelle-Orléans était des plus agréables. Les garçons et Adèle se sentaient vivants. Elle avait commencé à fréquenter un garçon italien, Jules s'inquiétait de ne la voir que trop rarement, mais pendant les seuls moments qu'elle leur accordait, la jeune femme semblait heureuse et épanouie. Ironiquement, cela ne fit pas le bonheur de Jules, il voulait être l'homme qui rendrait Adèle ainsi. Quant aux garçons, ils s'en donnaient à cœur joie dans leur collaboration avec l'Américain. Ce dernier se montrait de plus en plus familier avec eux, il les traitait comme les enfants qu'il n'avait jamais eus. La popularité du groupe allait en grandissant, ils commençaient même à entendre parler de leur travail en dehors de La Nouvelle-Orléans : l'histoire de trois jeunes Français travaillant pour un Irlandais au sein d'un business naissant.

Ils décidèrent donc de faire évoluer les affaires. L'organisation fut totalement modifiée par Louis qui était maintenant l'associé direct de Pat. Il fut décidé de produire dorénavant l'alcool sans faire appel à d'autres fournisseurs, ce qui allait demander une certaine diplomatie. Ils devaient faire preuve d'une grande discrétion, la concurrence était rude et les possibilités de se faire éliminer d'autant plus. Ils avaient dorénavant chacun un appartement, Adèle sortait de temps en temps avec eux, mais elle était fourrée la plupart du temps aux quatre coins de la ville. Pat, quant à lui, revenait d'un séjour en Écosse. Il pouvait désormais prendre du temps pour lui ce qu'il n'avait pas fait depuis une vingtaine d'années au moins.

Mois après mois les garçons récoltaient le fruit de leur travail. Le plan d'expansion imaginé par Louis, avec la supervision de Pat, avait fonctionné à la perfection. Ils produisaient et vendaient leurs propres alcools en dehors des frontières de la ville jusqu'à Miami. Cette situation, bien que pérenne, était en réalité très instable. N'ayant connu que la réussite depuis leur arrivée, il était fort probable qu'ils empruntent désormais un chemin sans retour...

***

Alban et Jules reçurent un message de Louis indiquant qu'il souhaitait réunir un conseil exceptionnel afin d'échanger concernant le futur de la compagnie. Pat se trouvait quelque part en Europe pour une raison tout sauf professionnelle. L'Irlandais avait toujours voué une fascination aux femmes russes, il comptait en dégoter une avant sa retraite. Les deux garçons arrivèrent dans une salle à l'arrière du bar. En son centre, une grande table couverte d'une prestigieuse bouteille de whisky et de trois verres les attendait.

— Mes amis, prenez place ! dit Louis de sa voix des beaux jours.

— Il n'y a plus de rhum ici ? répondit Alban connaissant toujours ses propriétés.

— Pourquoi sommes-nous ici, Louis ? continua Jules qui, dans toute sa droiture, comprenait qu'ils n'étaient pas là pour une simple réunion de routine.

Louis posa ses mains sur la table comme pour indiquer sa volonté d'entamer une discussion importante.

— Mes amis, je vais aller droit au but, nous sommes populaires dans toute la ville et bien en dehors, nous dirigeons le business d'une main de fer pendant que Pat est fourré encore je ne sais où à chercher sa prochaine femme !

Alban afficha un sourire en coin et questionna Louis :

— Que comptes-tu faire alors, toi, ô grand Louis ?

Jules garda un air sérieux. Il ne comprenait pas où voulait en venir Louis.

— Mes amis, nous allons quitter ce bar et nous installer dans nos propres locaux ! répondit Louis.

— Et dans ce schéma, que va-t-il advenir de Pat ? demanda Jules se décidant enfin à prendre la parole.

Louis n'était pas gêné par la question, il avait pensé à tout :

— Tout est réglé pour lui, je vais lui laisser une lettre accompagnée de notre meilleure bouteille de whisky irlandais et une petite somme non méritée d'après moi !

— Et crois-tu qu'il acceptera l'offre ? dit Jules qui semblait à la fois soucieux et furieux à l'idée de trahir Pat.

— Il n'a pas vraiment le choix, à vrai dire, mais procédons au vote ! déclara Louis, tout en levant la main à mi-hauteur, suivi par Alban et après quelques secondes d'hésitation, par Jules.

***

Pat fut de retour à La Nouvelle-Orléans après de nombreuses semaines passées sur le sol européen. Il découvrit le message des garçons, plus précisément celui de Louis et, contre toute attente, il prit la décision plutôt positivement. Il avait toujours rêvé d'une bonne retraite après tout ! Il décida même de les inviter une dernière fois pour un dîner dans le meilleur restaurant de la ville servant le plus délicieux Jambalaya, ce qui était une grande marque d'approbation pour un fin gourmet comme Pat. Plutôt que de contacter Louis, il lui fit renvoyer en retour la bouteille de whisky avec un message l'accompagnant :

Un Irlandais préfère toujours la paix, allons dîner ensemble une dernière fois, les Frenchies !

Quelle ne fut la surprise de Louis à la réception du colis ! Il en informa les garçons et organisa une nouvelle réunion dans la journée. Ils étaient perplexes concernant les motivations de l'homme. Alban n'avait aucune confiance en Pat et prit la décision de couvrir ses arrières avec ses meilleurs hommes de main, ne manquant pas de faire connaître sa colère :

— Nous n'avons plus rien à faire avec cet homme ! Il ne sait que boire et voyager pendant que nous devons nous coltiner tout le travail. À tous les coups, il va nous demander de l'argent ! C'est un piège, je vous dis !

De son côté, Louis était plus calme, mais il n'en pensait pas moins :

— Nous devons prendre la situation en main une fois sur place et analyser les risques. Je ne pense pas qu'il veuille nous liquider, mais il ne manquera pas de chercher à récolter quelques fruits de notre travail !

Le chef de la bande gardait une certaine confiance, mais il approuva l'idée d'Alban. Jules, quant à lui, resta muet. Il avait déjà pris la décision de rendre visite à Pat afin de s'assurer de sa bonne foi. Il voulait éviter à tout prix un bain de sang et finir cette relation en bons termes. Il se rendit donc au bar de l'Irlandais, le seul business qui lui restait.

— Mon ami, c'est bon de te voir ici ! Tu es tout seul ? Les deux grands gaillards ne m'aiment plus ? cria Pat, tel un vendeur au marché, en voyant le garçon s'approcher.

— Il faut qu'on parle, Pat, et sans attendre ! répondit Jules, affichant un air grave.

Ils se rendirent dans l'arrière-salle du bar qu'ils connaissaient si bien.

— Alors, mon garçon, que se passe-t-il de si grave ? Vous n'appréciez pas les invitations pour le meilleur dîner de la ville ?

— Est-ce vraiment juste une invitation ? demanda Jules d'un air toujours aussi grave.

— Mon ami, mon garçon, je vais être honnête avec toi, car je vois que tu es le seul à avoir eu le courage de venir jusqu'ici. Je veux prendre ma retraite et partir découvrir le monde, j'ai rencontré une dame, une Russe à vrai dire, elle s'appelle Yuliana. Je souhaite lui faire découvrir l'Irlande et tout ce qu'il sera possible d'explorer.

Pour la première fois, Pat semblait un homme en paix avec lui-même. Jules fut stupéfait par cette nouvelle, il questionna une dernière fois l'homme non sans émotion :

— Et quand comptes-tu partir ?

— Je partirai le lendemain de notre dîner, je dois être au port tôt au matin avant la relève des dockers, un ami va venir me chercher, nous passerons par les eaux interdites, répondit-il.

Jules comprit vite que l'ami en question faisait partie très certainement de la piraterie maritime, personne ne pouvait emprunter les eaux interdites depuis le conflit sévissant en Europe. Il était heureux d'entendre ces nouvelles de la part de Pat, son ami et son père irlandais.

Le lendemain, Jules se hâta de faire part à ses amis de la nouvelle.

— Comment peux-tu croire ce vieil irlandais ? Il est plus malin que nous tous réunis ! dit Alban, restant perplexe.

— Si je sais une chose à propos de Pat, c'est bien qu'il ne mentirait jamais à propos des femmes et encore plus si elle est russe ! Nous irons à ce dîner, mais nous resterons armés et sur nos gardes ! dit Louis.

Jules ne pouvait pas se défaire du visage d'Alban et de la colère profonde que son visage exprimait.

***

Les garçons décidèrent de s'y rendre ensemble, ils se firent conduire jusqu'au restaurant. L'endroit était complet ce soir-là, comptant des familles, enfants, vieillards... Une grande nervosité se dégageait des garçons. Pat était déjà arrivé, fidèle à lui-même, son visage exprimait une confiance absolue.

— Mes amis, détendez-vous, nous sommes ici pour parler famille et de votre futur !

— Qu'entends-tu par notre futur ? répondit Louis sans plus attendre.

— Nous sommes le futur maintenant ! poursuivit Alban.

Jules ne disait pas un mot. Pat eut un éclat de rire puis son visage devint des plus sérieux, il reprit la parole.

— Je ne veux plus de cette vie, je vais partir, partir pour...

— Partir pour une femme russe ! l'interrompit Louis.

Les garçons se mirent à éclater de rire. Pat, étonné, se tourna vers Jules en lui lançant :

— Je vois que tu n'as pas manqué de raconter notre petit rendez-vous !

La gêne prit place sur les traits du garçon qui baissa honteusement le regard.

— Vous savez donc tout maintenant, je souhaite prendre ce dernier dîner en votre compagnie.

Le visage d'Alban semblait plus détendu, mais la façon dont il contractait son corps démontrait qu'il continuait à rester sur ses gardes.

— Notre dernier dîner ? Car tu comptes en finir avec nous après ? dit le jeune homme.

— Eh bien à vrai dire, je pensais que tu allais en finir avec moi dès les premières minutes, mon cher Alban !

Le jeune homme lâcha enfin un sourire, signe que plus personne n'espérait de sa part. Puis Pat reprit :

— J'ai pris une décision, celle de vous léguer tout ce qu'il me reste.

— Tout, c'est-à-dire ? dit Jules, n'étant pas informé concernant cette partie de l'affaire.

— C'est-à-dire le bar et la totalité de mes appartements, les garçons...

Ils restèrent sans voix et, contre toute attente, une larme coulait sur le visage d'Alban qui n'avait jamais connu de réelle affection de la part d'une autre personne depuis bien longtemps.

— Mes appartements et les revenus du bar vous permettront de commencer une vie dans le droit chemin, un proche ami, démocrate, m'a fait savoir que cette nouvelle prohibition allait arriver à son terme, c'est le moment pour vous de transformer le business les garçons !

Ils posèrent chacun leurs mains au centre de la table et se regardèrent tous dans les yeux dans un instant qui restera à jamais gravé dans leurs mémoires.

Soudain, la porte du restaurant s'ouvrit et des hommes cagoulés entrèrent comme tout droit sortis d'un mauvais film de gangsters. Une, puis deux, puis trois rafales de mitrailleuses firent tomber la moitié des personnes présentes dans la salle, les autres se cachèrent sous les tables. Jules arriva à courir vers le bar du restaurant. Il entendit la voix d'un des hommes :

— Trouvez ces bâtards !

Il connaissait cet accent, c'était celui de Jules Baroni, fils d'immigrés italiens. Il avait la table du dîner en vue, Louis et Pat étaient encore en dessous, mais aucun signe d'Alban. Pat regarda Louis, il posa sa main sur son épaule.

— Cours, mon garçon, dit-il. Louis ne comprit pas.
— Cours, je te dis ! répéta-t-il.

Pat se leva et essuya les coups de nombreuses mitrailleuses ce qui laissa à Louis le temps de rejoindre Jules près du bar.

— Qui sont ces enfoirés ? dit Louis, la tête à moitié couverte de sang.

Dans sa chute, il s'était blessé à la tête et bien que cela ne soit pas grave, il saignait beaucoup. Jules répondit alors que son cerveau cherchait à tout prix un moyen de les dépêtrer de cette situation :

— Ce sont des Italiens ! Du moins, l'un d'eux, j'ai reconnu son accent !

Les garçons étaient pétrifiés de terreur. Qu'allaient-ils faire pour se sortir de cette situation périlleuse ?

— Mais que nous veulent les Italiens ? questionna vainement Louis.

— Je ne sais pas ! Je ne sais pas, Louis !

Puis il se souvint. À part eux, il n'y avait qu'une seule personne qui savait pour le dîner, car ils ne manquaient pas de la tenir informée de tout et qui, selon les rumeurs fréquentait un Italien. C'était Adèle. Les garçons étaient pris au piège. Et qu'en était-il d'Adèle ? Était-elle complice ou bien était-elle tombée dans un piège ? Il n'eut pas besoin de chercher plus loin, la réponse se fit entendre d'elle-même :

— Je veux voir vos sales gueules maintenant ou je tue la fille sans hésiter, dit un homme cagoulé.

Les deux garçons n'étaient pas prêts à se rendre ! Ils n'avaient aucune preuve qu'Adèle était bien avec eux. Tout à coup, un autre groupe d'hommes armés arriva de l'autre côté du bar. C'était Alban, accompagné de ses hommes de main. Il avait réussi à prendre la fuite sans toutefois abandonner ses amis. Ce soir-là, une guerre éclata au cœur du restaurant. Des hommes tombèrent d'un côté, comme de l'autre. La résolution semblait incertaine jusqu'à ce qu'un nouvel individu entre dans le bar, entourant de son bras le cou d'une jeune femme, un pistolet posé sur sa tempe. C'était Adèle.

— Baissez vos armes ou votre amie meurt ! cria l'homme.

Les tirs cessèrent, Jules et Louis profitèrent de ce moment pour amener le corps de Pat jusqu'au bar. Il respirait difficilement et perdait énormément de sang. Les garçons essayèrent de lui parler quand l'Italien reprit la parole :

— Baissez vos armes ou nous allons tous vous tuer !

Alban était furieux, son visage extrêmement tendu, Adèle était toujours aux mains de l'Italien.

Pat murmura quelques mots, Jules le vit et posa sa tête proche de son visage.

— Le bateau, Jules, le bateau !

Jules ne comprit tout d'abord pas. Il réfléchissait au sens de ces paroles alors qu'Alban prenait une décision.

— Baissez vos armes, ils nous ont eus ! dit-il en direction de ses hommes.

Est-ce qu'ils allaient vraiment se rendre ? Après un coup d'œil vers Louis, Jules comprit qu'il préparait quelque chose. Les armes du groupe d'Alban tombèrent sur le sol et l'Italien prit une nouvelle fois la parole :

— En voilà de bons Français !

Ils tirèrent sur le groupe tout entier. Alban et le reste de ses hommes venaient d'être abattus sèchement. Malgré le choc, Jules vit enfin ce que préparait Louis : un cocktail Molotov qu'il s'apprêtait à envoyer en direction des Italiens. Alban se releva couvert de sang et dans un dernier effort, il courut en direction des Italiens qui étaient pétrifiés par la résistance du garçon, il bondit sur l'homme tenant Adèle armé d'un long couteau à la main. Louis regarda Jules.

— Mon frère, sauve-toi ! Maintenant !
— Que fais-tu ? questionna Jules.
— Sauve-toi, je te dis !

Jules courut en direction de la sortie.

— Adèle, suis-moi ! Suis-moi !

Il releva Adèle et ils s'échappèrent tous les deux, dopés par l'adrénaline. Ils entendirent derrière eux l'explosion du restaurant. Adèle s'arrêta, à bout de souffle.

— Il ne faut pas s'arrêter, dit Jules.

Elle ne pouvait pourtant plus continuer.

— Mais où allons-nous ? Nous allons mourir ici, Jules, ils vont nous rattraper !

Il prit la jeune femme sur son dos.

— Il y a un bateau, il y a un bateau qui nous attend ! dit Jules, épuisé.

Ils avaient l'allure de soldats revenus de la guerre, Adèle était en état de choc comme entre la vie et la mort, portée par Jules qui tentait tant bien que mal de marcher le plus vite possible. Il était couvert de sang, sa chemise déchirée et son teint pâle. Le crépuscule tombait sur la ville, le jour commençait à laisser place à la nuit, les rues étaient totalement désertes, l'explosion du restaurant devait y être pour quelque chose.

Loin devant eux, des sirènes de police déchiraient le silence. Jules décida de s'arrêter au bord de la route. Il remarqua alors qu'ils étaient proches d'une banque dans laquelle ils pourraient entrer, le hall étant ouvert jour et nuit.

— Nous allons mourir ici ! dit Adèle.

Elle était épuisée, Jules remarqua sa jambe ensanglantée. Il essaya de la rassurer.

— Nous n'allons pas mourir, pas ici, pas aujourd'hui, nous avions promis à ton frère de veiller sur toi et de vivre une belle vie. Tu te souviens ?

Adèle pouvait à peine parler.

— Qu'attendons-nous ? dit-elle.

— Nous attendons d'avoir un espace pour repartir, dit Jules.

— Non, Jules, je veux dire... qu'attendons-nous pour vivre cette belle vie ?

Le garçon ne répondit pas. Le bruit des moteurs de voitures se rapprochait de chaque côté de l'avenue. D'un côté, il entendait les sirènes de la police et, de l'autre, il devinait les véhicules de tous les gangsters italiens de la ville qui devaient s'être lancés à leur poursuite. Jules s'imprégna du moment présent, très attentif. Chaque partie était déterminée à ne pas lâcher l'affaire. Il les entendait se rapprocher encore et encore. Les Italiens commencèrent à tirer depuis les fenêtres, les policiers répondirent sans attendre. Poussées à pleine vitesse, les voitures ne tarderaient pas à provoquer une collision dramatique. C'était inévitable. Et elle arriva. Plus d'une dizaine de voitures de police entrèrent dans une mêlée générale face à des mafieux armés jusqu'aux dents. Jules reprit Adèle sur ses épaules.

Il se lança dans une course effrénée.

— Il ne faut pas s'arrêter, il ne faut pas s'arrêter...

3
Nowhere Boy

10 ans plus tôt
2012

— Réveille-toi gamin, réveille-toi ! s'exclama un homme.

Il était petit et trapu, le genre de personne qui pourrait être ce retraité de guerre racontant ses histoires du front.

— C'est le grand jour, champion ! continua-t-il.

Le jeune garçon semblait exténué de devoir se lever si tôt, à peine le soleil levé.

— Qu'est-ce qu'il y a, coach ? demanda le garçon.

— Qu'est-ce qu'il y a ? Mais c'est ta chance pour la finale aujourd'hui ! Alors debout !

Le garçon se leva tant bien que mal et ils partirent pour un footing matinal. Le vieillard, à vélo, l'encourageait pendant sa course.

— Tu es né pour réussir, tu es un battant ! dit le vieil homme.

Le garçon détestait les discours de conscience du vieillard.

— Je connais la chanson, coach, c'est bon ! répondit-il.

Il continua à courir pendant au moins une heure pour ensuite rejoindre la salle d'entraînement qui lui servait aussi de maison.

Le coach décida d'avoir une discussion avec le garçon. Ils allèrent dans son bureau, si nous pouvons appeler cela un bureau puisque ce n'était ni plus ni moins qu'un réfectoire situé dans une salle de boxe du quartier.

— Je suis fier de ce que tu as accompli pour le moment,

Tarek ! Il ne reste plus que deux matchs et nous aurons assez d'argent pour sauver cette salle, nous compris !

— Je t'ai dit que je préfère que tu m'appelles Alban ! Tu aimes ce prénom, en plus ! répondit le garçon d'un air hautain.

Le prénom de Tarek renvoyait le jeune garçon à son enfance passée avec sa famille immigrante de Syrie, puis abandonné au foyer après une rixe les impliquant avec la police.

— Tu dois être fier de toi et de ce que tu es, Alban. C'est ce qui fait ta force ! Ne pense plus qu'à la finale maintenant, le match de ce soir ne sera plus qu'un détail pour toi ! dit le coach.

Soan Belkheir avait eu une petite carrière de boxeur professionnel, remportant quelques championnats régionaux et nationaux. Sa femme mourut alors qu'ils n'avaient à peine qu'une trentaine d'années. Elle portait leur enfant qui aurait dû s'appeler Alban, mais il ne parlait jamais de cela. Il trouva le garçon un jour dans le quartier nord de la ville traînant avec les jeunes du quartier, alors qu'il était encore au foyer familial. Il prit la décision de le prendre sous son aile après l'avoir stoppé en pleine bagarre.

Le garçon voulait se défaire de son passé, des familles d'accueil, de la sienne partie à jamais. Il demanda à Soan, qui devint son coach, de le nommer différemment et de faire de lui un homme. Le coach donna l'idée au jeune garçon de se faire appeler Alban, ainsi que de l'initier à la boxe anglaise. Il ne donna pas la moindre explication au jeune homme concernant le choix du prénom, mais celui-ci le trouva parfait. Il était maintenant Alban aux yeux du monde, même si le coach regrettait parfois son choix, car cela le renvoyait à des souvenirs douloureux concernant sa femme et son enfant.

Ils continuèrent l'entraînement pour le match du soir même, sans perdre de vue la finale qui aurait lieu la semaine suivante. Ce tournoi avait une belle somme à la clé. C'était le dernier moyen pour eux de faire perdurer le club, Alban se devait de gagner pour tenir quelques mois encore. En vérité, le garçon savait très bien que cela ne serait pas suffisant et il devrait enchaîner tournoi après tournoi. Peu de temps auparavant, il avait pris la décision de retourner au quartier nord où il avait l'habitude de traîner par le passé. La facilité de s'y faire de l'argent était bien connue, une fois les bonnes personnes rencontrées. Lorsqu'il eut terminé son entraînement, il décida donc de rendre visite à une ancienne connaissance. Il lui restait quelques heures à tuer avant le match de ce soir et il fallait qu'il prépare son avenir. Il monta sur sa 125, bien qu'il n'ait pas de permis pour ce type d'engin, et partit sans même prendre le temps de se changer.

Son « ami » se nommait Akim, il avait un style de jeune entrepreneur, chemise, pantalon chino, mocassins, une voiture allemande de dernière classe. Il paraissait étrange qu'il vive dans un HLM du quartier nord. Les jeunes avaient l'habitude de le voir pour des petits boulots. Alban expliqua en toute honnêteté sa situation et celle du club, le besoin d'argent qu'ils avaient.

– Je suis prêt à tout pour faire survivre le club et aller le plus loin possible ! dit Alban d'une voix déterminée.

– Tu n'auras pas grand-chose à faire à vrai dire, mon ami !

– À quoi penses-tu ? demanda Alban, surpris de constater qu'Alban avait déjà un plan pour lui.

– Nous allons truquer le match. Pas le match de ce soir, je te laisse cette gloire, mais la finale de la semaine prochaine ! Tu devras te coucher au 2e round ! dit Akim.

Alban ne sut quoi répondre. Il se sentit à la fois déçu et plein de questions. Cependant, l'image du club en perdition s'imposa bien vite à lui et il demanda :

– Et qu'est-ce que nous avons à y gagner ?

– Tout ! Vous aurez 40 % ! Je vais faire en sorte que tout le monde te pense gagnant. Ils vont tous vouloir miser sur toi, alors que c'est l'autre, peu importe qui il est, qui gagnera. Il sera également informé de la situation et touchera sa part !

Alban était très réticent à l'idée de devoir perdre et de cacher la situation à son coach, mais il accepta. D'après Akim, il pourrait empocher une somme proche des 20 000 €, ce qui suffirait largement pour relancer le club et surtout pour payer leurs nombreuses factures. Alban rentra au plus vite afin de reprendre l'entraînement. Le match de ce soir était très important et il devait à tout prix le gagner. C'était celui qui le mènerait à la finale et au plan mis en place avec Akim.

— Mais où étais-tu ? Ça fait des heures que je te cherche ! s'exclama le coach.

— J'avais des affaires à régler, mais je me sens prêt pour ce soir ! répondit le garçon, ce qui n'était pas totalement faux.

Alban continua l'entraînement toute l'après-midi. Soan l'emmena sur les lieux du match avec sa vieille 2CV, ce genre de voiture indestructible même après 50 ans. Le match avait lieu dans une petite salle de sport proche du centre-ville, le même lieu qui allait accueillir la finale de la semaine suivante. Ils arrivèrent un peu avant le début du match, se frayant un passage entre les spectateurs présents, pour rejoindre les vestiaires. Comme d'habitude, son adversaire était accompagné de sa famille ainsi que des membres de son club de sport. Quant à lui, Alban n'avait que Soan, son coach, son père adoptif, il était tout à la fois.

— Ne perds pas de vue ton objectif, la finale est proche ! dit le coach.

— Tu sais très bien que ça va se finir bien avant que la cloche ne sonne ! répondit Alban d'une confiance absolue.

— Laisse-lui au moins une chance, gamine ! répondit Soan avec ironie.

Alban resta sérieux puis il tourna la tête vers le coach, il avait quelque chose d'important à lui dire.

— Il faut que tu saches quelque chose… Et je ne te demande pas ton avis… Ce match sera notre dernière victoire du tournoi !

Le visage du coach se transforma, il semblait ne pas savoir quoi répondre et un silence flotta un instant entre eux.

— Mais que veux-tu dire par là ? Tu vas gagner la finale ! C'est dans une semaine ! Nous y sommes presque ! finit-il par répondre.

La musique se fit entendre dans la salle. Il était temps pour eux de se rendre sur le ring. Les deux hommes affichaient un air grave : l'un à cause de la nouvelle qu'il venait d'entendre et l'autre par sa détermination.

— Tu finis ce match maintenant et je veux des explications dès que tu seras sorti de ce ring ! ordonna le coach.

Le garçon fit mine de ne rien entendre. Il regardait la foule de spectateurs et vit un visage familier : c'était Akim, venu assister à la confrontation. Il voulait apparemment se faire une idée des capacités du garçon, même s'il l'obligeait à perdre à la finale afin d'empocher l'argent. Alban pensait à cette finale, à la défaite qu'il devrait simuler. Il en ressentit une grande frustration, il était furieux à vrai dire.

Le coach descendit du ring. La cloche se fit entendre. Une droite, une gauche, puis un uppercut. Son adversaire tomba en seulement trois coups. Le garçon retourna dans le coin du ring en fixant Akim au milieu des spectateurs qui attendaient tous que l'arbitre annonce le K.O. C'était fini. Alban était victorieux. Le coach le porta fièrement, mais il s'aperçut que le jeune garçon était préoccupé par quelque chose et il suivit son regard vers la foule. C'est là qu'il vit Akim. Soan connaissait bien cet homme, ainsi que sa réputation. Alban n'était pas le premier sportif sur qui Akim pariait. Il savait que quelque chose de malsain se passait derrière son dos. Il décida de prendre les choses en main lorsqu'ils retournèrent dans le vestiaire.

— Mon garçon, dis-moi ce qu'il se passe avec cet enfoiré ! demanda le coach.

— Mais de qui parles-tu ? répondit Alban, faisant mine de ne pas comprendre.

— Tu me prends pour un idiot ? Qu'est-ce qu'il te veut ? C'est pour la finale ? C'est ça ?

Alban devint très anxieux, son coach ne s'énervait que rarement.

— Dis-moi ce qu'il se passe ! Je vais régler tout ça ! Tu vas gagner cette finale et nous aurons cet argent. Nous allons faire les choses dans les règles, mon garçon ! continua le coach.

— Même si nous gagnons l'argent pour cette finale, nous tiendrons quoi ? 4 mois ? 5 mois ? Au moins, avec lui, nous aurons assez d'argent pour faire durer le club quelques années ! dit Alban.

Soan comprit le point de vue du garçon. Il essayait simplement de faire de son mieux pour sauver la salle de boxe. Il alla s'asseoir à ses côtés et lui expliqua :

— Mon garçon, ce genre de pratique n'est jamais la solution. Cet homme n'a aucun scrupule, aucun remords !

— Alors que faisons-nous ? répondit Alban.

— Je vais lui parler et nous allons mettre fin à cette mascarade. Nous n'allons pas laisser cet opportuniste nous prendre ce que nous avons amplement mérité ! conclut Soan.

Alban comptait beaucoup sur le sport pour réussir, il détestait se rendre au collège de banlieue de sa ville. La majorité du temps, il se battait, et les seules fois où il daignait s'y rendre, il ne pouvait assister qu'aux cours du matin. Il trouvait toujours un moyen de se faire expulser avant même le déjeuner. Alban connaissait sa force. Il était grand, bien plus grand que les garçons de son âge. Le simple fait d'allonger son bras éloignait ses adversaires d'un mètre. Il était furieux contre tout le monde : de ceux malheureux pour des histoires d'amour et d'adolescence, de ceux qui parlaient beaucoup et de ceux qui revenaient de week-end avec les dernières chaussures à la mode. Toutes les personnes qu'il connaissait ne fréquentaient plus ce collège, ils pouvaient gagner plus d'argent dans la rue qu'un professeur en une année et, dans le cas d'Alban, cet argent servirait à faire perdurer le club. Malgré cela, c'était primordial de rester dans le droit chemin, il visait l'excellence pour sa carrière sportive.

***

Les jours passèrent. Il ne restait plus que quelques heures de préparation avant la finale. La voiture d'Akim tournait très souvent dans les environs, ce que le coach ne manqua pas d'observer. Il avait presque oublié cette affaire, il décida d'aller lui parler.

— J'ai une petite course à faire et je serai de retour très vite, champion ! dit le coach à Alban qui s'entraînait encore et encore.

— Vous savez où me trouver, coach ! répondit-il

Soan monta dans sa vieille 2CV, sans faire part à Alban de sa décision : il allait s'expliquer avec Akim une bonne fois pour toutes. Sur le chemin, il salua bon nombre de ses connaissances. Il s'approchait des quartiers qui l'avaient vu grandir lorsqu'un groupe d'hommes cagoulés surgirent brusquement autour de lui. C'était une embuscade. Restant très calme, Soan sortit de la voiture et lança :

— Amenez-moi à votre chef !

La scène était surréaliste, tout droit sortie d'un vieux western. L'un des hommes cagoulés s'approcha et asséna un coup de poing au coach dans le but de l'assommer. Il devait sans doute avoir oublié qu'il avait affaire à un ancien champion de boxe anglaise. Soan répondit en lui envoyant une droite magistrale, prêt à mettre K.O. chaque homme l'un après l'autre s'il le fallait. Une personne sortit d'une voiture avec une batte de baseball à la main, il marchait lentement vers Soan qui ripostait toujours. Cet homme, c'était Akim. Il se posta derrière le coach et le frappa d'un coup de batte, le mettant au sol d'un seul coup. Les hommes cagoulés le ramassèrent afin de le mettre dans la voiture, l'un d'eux monta dans la 2 CV et ils partirent en direction du quartier nord. Soan eut juste le temps de dire quelques mots avant de s'évanouir :

— Vous n'avez aucun honneur...

L'heure du match approchait. Alban n'avait aucune nouvelle de Soan. Il devait prendre une décision : se coucher au 2e round et repartir avec l'argent promis par Akim ou gagner et remporter la modique somme du tournoi. Il réfléchit pendant les deux heures restantes, continuant d'essayer de contacter Soan. Sans retour de sa part, il n'eut d'autre choix que de suivre les consignes d'Akim et de se coucher au 2e round. Il décida de tout de même de se battre pour l'honneur.

Le coach se réveilla dans une salle sombre. Il reconnut sans difficulté qu'il était dans l'une des caves du quartier. Plus jeune, il avait l'habitude de se cacher dedans avec ses amis. Akim entra dans la pièce.

— Qu'est-ce que vous me voulez ? Est-ce nécessaire ? C'est pour ce foutu pari, c'est ça ? s'agaça Soan.

— Tu ne comprends donc rien, vieillard ! Le pari, ce n'est que du vent ! dit Akim avant de pousser un rire démoniaque.

Dans l'attente interminable de son coach, Alban décida de se rendre à la finale à moto. Il attendit jusqu'au dernier moment, mais il ne réussit à avoir aucune nouvelle. Sur place, il y avait un grand nombre de spectateurs, ce qui rendit le garçon nerveux et excité à la fois. Bien sûr, il n'y avait encore une fois que des inconnus pour lui ou bien quelques visages qu'il apercevait de temps à autre au collège ou bien dans le quartier. Et il essayait de ne pas se faire trop d'illusion sachant qu'il devrait se coucher au 2e round. Mais c'était tout de même une sensation galvanisante ! Après la pesée, il se rendit dans les vestiaires afin de contacter une dernière fois son coach. Ce dernier ne répondait pas, ce qui n'était pas dans ses habitudes. Avant d'avoir pu lui laisser un message, une voix retentit dans le micro. Le combat allait commencer. Alban fixa le sol, ne voulant pas croiser les regards du public. Une fois sur le ring, il regarda fixement son adversaire. Celui-ci semblait confiant, sans doute parce qu'il savait qu'Alban allait finir par se coucher. Ce dernier le reconnut ; c'était lui aussi un jeune traînant dans le quartier et travaillant de temps à autre pour Akim.

La cloche retentit. Alban tentait de maîtriser ses coups, le garçon en face semblait excité et donnait l'impression de jouer à un jeu. Alban savait que la cloche allait sonner dans quelques instants pour ensuite entamer le deuxième round et sa défaite programmée. Il décida de lui envoyer un enchaînement, toujours en contrôlant ses coups, puis une droite. À la surprise générale, son adversaire tomba au sol alors qu'il l'avait à peine touché. Alban ne comprenait pas. Il se lança sur le garçon au sol.

— Relève-toi, relève-toi, je te dis !

Alban allait gagner le match. L'arbitre allait le déclarer vainqueur. Il vit le jeune homme au sol lâcher un sourire. Il comprit alors que quelque chose d'anormal se déroulait. Akim, quant à lui, tenait toujours le coach en otage. Il recevait des informations par téléphone. Il appela pour lui dire :

— Le match est fini maintenant, vieillard, et, à la surprise générale, ton garçon a gagné !

Le coach ne comprenait pas ce qui se passait.

— Mais que cherches-tu ? Que veux-tu ? dit le vieil homme.

— Je veux tout et je vais obtenir tout ce que je veux ! À vrai dire, c'est déjà le cas : l'argent est à moi et ta salle aussi ! répondit Akim.

Le coach savait que c'était fini pour lui. Il avait beaucoup trop de fierté pour être laissé vivant et Akim avait beaucoup trop de déshonneur.

— Ne fais pas de mal au garçon, je t'en prie ! dit le coach.

— Mes hommes s'en occupent déjà. Adieu vieillard !

Les hommes d'Akim frappèrent à mort le père adoptif d'Alban, tandis qu'un autre se chargea d'effacer les preuves en brûlant la vieille 2 CV.

Alban était toujours sur le ring, son adversaire au sol. La foule était excitée par cette victoire, ce K.O. au premier round, ce qui n'était pas normal pour de jeunes boxeurs, mais les spectateurs commençaient à en avoir l'habitude avec Alban. Le garçon savait que quelque chose d'étrange avait eu lieu. Son regard se darda vers la porte de la petite arène où trois hommes entrèrent. Il les connaissait, c'étaient des amis proches d'Akim. La foule commença à sortir, les boxeurs devaient regagner les vestiaires. Le jeune homme savait qu'il devait trouver une idée pour s'enfuir.

Il se dirigea vers la foule et vit un jeune homme qu'il avait déjà aperçu au collège, probablement le plus gentil de tous d'ailleurs. Cependant, il était au mauvais endroit au mauvais moment. Alban lui asséna sa meilleure droite. Les personnes présentes commencèrent à se disperser et courir vers la sortie dans un mouvement de foule paniquée. Le garçon allait en profiter pour se fondre parmi eux. Il essayait tant bien que mal de s'enfuir, il allait même y parvenir lorsqu'il vit l'un des hommes qu'il fuyait s'interposer entre lui et la sortie. Dans un mouvement impulsif, Alban bondit sur son assaillant, poing en avant et le fit tomber d'un coup avant de reprendre sa course. Étalé au sol, il se fit piétiner par des dizaines de personnes en fuite. Un coup de pistolet se fit entendre, c'était certainement l'un des hommes d'Akim qui perdait patience. Alban courut encore et encore au milieu d'une foule apeurée. Il ne s'arrêtait plus, l'enfer le poursuivait. Il n'avait plus rien, il courait vers l'inconnu.

3 jours plus tard
Foyer Saint-Pierre

– Louis ! Louis ! Un nouveau garçon vient d'arriver ce matin !

– Un nouveau ? Et alors ? Qu'est-ce que ça peut me faire ? dit le garçon.

– Je l'ai déjà vu lors d'un tournoi l'année dernière ! C'est un boxeur ! Un futur champion à ce qui paraît !

– Là, ça m'intéresse ! Présente-le-moi, Jules !

4
Le Baron

**10 ans plus tard
Mai 2022
Centre de la France**

« Les chevaux sont lancés. Fandango prend les devants de la course, suivi de près par Flying Fox ! Flèche d'argent est juste derrière, prêt pour la contre-attaque, et il se lance ! Nous sommes proches de la ligne d'arrivée. Flying Fox a pris la tête du groupe, nous avons sûrement notre vainqueur, mais un concurrent arrive très vite depuis l'arrière du groupe, il va très vite, rien ne semble l'arrêter. Nous l'avons tous reconnu, c'est bien sûr le Baron, le jeune jockey va encore nous décrocher une nouvelle victoire, et c'est terminé ! Encore une victoire du Baron et de sa monture Black Princess ! »

La course était une réussite, elle attirait les plus grands notables de la région, c'était une chance d'être exposé ainsi pour celui qui se faisait appeler le Baron. Il regagnait les rangs de son équipe quand deux jeunes hommes se rendirent vers lui.

— Tu as encore gagné ! Je savais que ce serait une réussite, on est fiers de toi, mon vieux ! dit l'un des garçons.

— Vous avez vu Adèle ? répondit le Baron.

— Elle est certainement en train de draguer deux ou trois riches de la région ! répondit l'autre garçon.

Le jeune jockey lâcha un sourire plus ou moins sincère.

— Elle ne fait ni plus ni moins que ce que tu t'acharnes à reproduire avec toutes les vieilles fortunes du pays, mon cher

Alban ! répondit-il.

Le jeune jockey se nommait Jules Baroni dit « Le Baron » ; son meilleur ami, Louis, avait eu la chance d'être adopté à l'adolescence par l'une des familles les plus fortunées des environs, propriétaires terriens et investisseurs dans le monde hippique. Malheureusement, le jeune Louis ne s'intéressait guère aux chevaux. Il préférait les voitures, sortir à toutes les soirées possibles, boire et se droguer la majorité du temps. Il n'en restait pas moins une personne au charisme indiscutable et un diplomate aguerri. Il avait donc laissé son ami Jules prendre la place que ses parents adoptifs auraient voulue pour lui, d'autant plus que le jeune jockey était physiquement adapté pour ce boulot. La vérité était que cette famille avait adopté Louis, non pas par envie d'un garçon et d'apporter son aide, mais parce qu'ils voulaient trouver le meilleur prétendant pour leur écurie. Malheureusement pour eux, ils n'avaient pas prévu que le jeune homme grandirait autant avant son entrée au lycée. Il ne correspondait plus aux prérequis pour devenir jockey. Ils l'avaient donc délaissé. Louis, qui avait toujours le droit d'utiliser l'argent de ses parents adoptifs, s'était vite remis et s'en donnait à cœur joie pour dépenser tout ce qu'il pouvait.

— Qu'est-ce qu'on fait maintenant ? demanda Jules.

— Eh bien nous allons fêter cette victoire comme il se doit ! répondit Louis.

Le jeune Louis avait emprunté l'une des meilleures voitures de « ses parents » pour l'occasion.

— Cela va vous paraître bizarre que ce soit moi qui pense à elle, mais je crois que nous avons oublié Adèle ! dit Alban.

— Tu deviens quelqu'un de bien, dis-moi ! Allez la chercher, les gars. Je vais à la voiture ! Et s'il te plaît, Alban, essaie de ne pas déclencher une bagarre ! rétorqua Louis.

— Tu sais très bien que ce n'est jamais moi le problème ! dit le garçon.

Louis se rendit à la voiture, tandis que les deux garçons allèrent sous un chapiteau où une réception avait lieu.

— Tu l'as vue ? dit Jules.

— Non ! Sérieusement, c'est toujours pareil avec elle ! répondit Alban.

Ils décidèrent de se disperser dans la foule dont la majorité était sur son trente-et-un. Jules entrevit Adèle et s'apprêta à la rejoindre lorsqu'un homme l'interrompit :

— Mon garçon, vous devez être celui que tout le monde appelle le Baron ! Laissez-moi vous dire que vous avez plutôt l'air de sortir d'un bon livre de Zola !

Bien sûr, Jules ne comprit pas cette remarque et l'homme le savait. Il remarqua qu'Alban avait également trouvé Adèle. Contrairement à lui, ce dernier n'était pas du genre à laisser passer les remarques désobligeantes sans rien dire et Jules se félicita qu'il n'ait pas entendu les paroles de son interlocuteur. Jules décida de l'ignorer et observa Alban qui rejoignait Adèle. Elle était saoule et elle était un peu trop proche d'un homme qui avait certainement le double de son âge. Il avait l'air de profiter de la situation et de l'ivresse de la jeune femme, ce qui n'échappa pas à Jules.

— Adèle ! Louis nous attend à la voiture pour partir, il faut y aller maintenant ! dit Alban.

Adèle avait bien trop abusé de l'alcool pour répondre au garçon, elle se contenta d'attraper sa main. Ils s'apprêtaient à partir quand l'homme âgé se mit à parler :

— Qu'est-ce que tu fais, le bronzé ?

Alban avait l'habitude de ce genre de remarque, c'était presque devenu sa favorite. Il oubliait la plupart du temps ses racines syriennes jusqu'à ce que ce genre de personnage les lui rappelle. En réalité, il se fichait pas mal des remarques racistes. Au contraire, il trouvait presque excitant d'avoir la possibilité d'user de ses poings pour une bonne raison. Alors, il décida, sans plus attendre, de donner une bonne leçon au vieux raciste. Il lui envoya une droite, le faisant tomber au passage sur le buffet. Un groupe d'individus, certainement des amis de l'homme, étaient prêts à bondir sur le jeune Alban.

Jules vit la scène de loin alors qu'il était en pleine discussion avec un autre groupe d'hommes vantant ses talents équestres. Le garçon maladroit ne sut comment réagir, il n'était pas le meilleur combattant, bien loin de là ! Un attroupement prenait forme autour du jeune Alban, les personnes présentes à la réception voulaient admirer le spectacle. Jules ne sut quoi faire pour empêcher un drame. Il prit donc la première chose à sa disposition, c'était une bouteille de champagne, puis dans un geste surnaturel, il lança la bouteille en direction du groupe, telle une grenade, puis trois autres bouteilles suivirent. Il se décida à courir en direction d'Alban et Adèle pour ensuite se frayer un passage vers la sortie. La jeune femme avait bien trop abusé du champagne pour les suivre, les deux garçons la tenaient donc pour l'aider. Le groupe d'hommes était à leurs trousses, ils voulaient leur donner une leçon.

Louis était dans la voiture, il ne se doutait pas une seule seconde de la scène se passant à l'extérieur. Il était bien plus concentré sur sa cigarette et la musique à plein volume qui résonnait depuis sa radio. Le groupe d'amis monta dans la voiture, Jules hurla :

— Roule, roule !

Louis prit une dernière bouffée sur sa cigarette et ils partirent à pleine vitesse, Alban bien qu'épuisé lâcha un sourire, Adèle était toujours aussi saoule, elle rigola et lança :

— C'était moins une !

— Et qu'est-ce que j'ai raté, au passage ? s'exclama Louis, stupéfait.

Jules était furieux, sa droiture l'empêchait de rire dans ce genre de situation. Il répondit d'un air agacé :

— Alban a encore joué avec sa vie !

— Jouer avec ma vie ? Tu as raté le moment où toi, mon vieux, tu essayais de disperser le monde à coups de bouteilles ?

rétorqua Alban.

Louis continua à rouler jusqu'à destination d'un gîte familial situé au cœur de la Sologne. Ils décidèrent de s'y reposer jusqu'au soir venu.

Le groupe était réuni dans le salon. Jules buvait un thé, Alban repassait en boucle une vidéo qu'il avait trouvée sur les réseaux sociaux : une personne avait filmé la bagarre durant la réception et il ne pouvait s'empêcher de regarder encore et encore le moment où Jules lançait la bouteille de champagne. Il éclatait de rire régulièrement tant la situation lui paraissait improbable. Louis buvait un whisky, comme à son habitude, et Adèle était dans le canapé à récupérer de cette longue journée.

– Alban, tu pourrais arrêter de rire deux secondes ? J'ai quelque chose à vous dire ! dit Louis. Nous allons au casino ce soir, j'ai une personne à rencontrer là-bas !

– Et c'est comme ça qu'on va faire fortune ? demanda Alban, l'air ironique.

– Pour une fois, je suis assez d'accord avec Alban ! dit Jules.

– C'est qui cette personne ? questionna Alban.

– Disons que c'est un Russe. Il connaît quelqu'un qui, d'après ses dires, pourrait avoir besoin de nous et même possiblement nous sortir de ce pays !

Le groupe d'amis ne se voyait pas faire un travail comme tout bon citoyen. De plus, une nouvelle loi venait de passer : toute personne majeure de moins de 30 ans se devait de passer les tests visant à intégrer l'armée européenne nouvellement créée pour une période d'un an. Il n'y avait aucune obligation pour les personnes à travail fixe, sportifs professionnels, étudiants… Ce qui n'était malheureusement le cas d'aucun d'entre eux. La rumeur disait que les officiers s'en donnaient à cœur joie à envoyer sur le front méditerranéen les prétendus petits délinquants. Judiciairement, ils correspondaient à cette catégorie. Ils ne voulaient pas se voir mourir ou mal utilisés à des fins inutiles, ils avaient bien plus à montrer au monde ou bien pire. Ils rêvaient d'aventure, ils ne voulaient pas être les héros d'une société qui était tout sauf héroïque. Ils avaient déjà assez fait pour leur jeune âge et deviendraient les héros de leur propre histoire. Un dicton dit que l'Histoire est écrite par les héros, ils se promirent d'écrire la leur quand le moment serait venu.

– Comment s'appelle-t-il, ce Russe ? Tu le connais bien au moins ? dit Jules, craintif.

– Ne t'inquiète pas, on peut lui faire confiance. Et non, je ne le connais pas personnellement, mais sa réputation le précède. Il se fait appeler le Tsar ! répondit Louis.

– Le Tsar ? Tu entends ça, Jules ? Toi, le Baron, tu vas faire la rencontre du Tsar ! lança Alban, plein de sarcasmes.

– Qu'est-ce qu'on attend pour y aller, les gars ? dit Adèle qui était excitée à l'idée de passer une soirée des plus intéressantes.

Le groupe d'amis arriva au casino situé à seulement quelques kilomètres.

– Amusez-vous bien. En attendant, je vais trouver notre contact ! dit Louis.

Il n'en fallait pas plus pour que le groupe se disperse. Adèle se lança vers les tables de jeu, accompagnée par Jules. Alban décida de suivre une voie facile en se rendant aux machines à sous, un verre à la main.

– Plutôt que de nous amuser, nous ne devrions pas plutôt faire attention à Louis ? dit Jules à Adèle, toujours aussi soucieux de la sécurité de ses proches.

– Il faut te détendre un peu, Jules, nous sommes dans un casino et le bar est bien rempli ! répondit la jeune femme.

Jules écoutait toujours Adèle et son insouciance. Il décida donc de profiter de la soirée. Il y avait un club situé non loin de là où de nombreuses personnes avaient l'habitude de finir la soirée.

– Jules, Jules, je viens d'entendre dire que le bâtiment d'à côté est un club ! Allons danser ! s'exclama Adèle d'une voix envoûtante.

Jules était hésitant, se rappelant non sans appréhension que la dernière personne avec qui il avait eu la chance de danser était le frère de la jeune femme, juste avant sa mort. De plus, la danse n'était pas son activité favorite. Il restait toujours ce jeune homme à la fois timide et introverti.

– Tu sais que je n'aime pas ce genre de soirée, attendons Louis plutôt ! dit-il.

– Attendons Louis ? Tu es sérieux ? Bon allons retrouver Alban, il se sera peut-être encore mis dans une drôle de situation ! répondit Adèle plutôt frustrée de ne pas avoir la soirée qu'elle espérait.

Ils partirent retrouver Alban. Louis se rendit vers le bar afin de retrouver son présumé contact. Il resta accoudé dessus pendant une trentaine de minutes, enchaînant verre après verre quand soudain, l'une des personnes se tenant debout près de lui se mit à parler.

– Je suis là depuis une trentaine de minutes et vous ne vous posez aucune question, dit l'homme avec un fort accent russe.

– Eh bien, il y a plein de personnes autour de ce bar ! répondit Louis avec une certaine mauvaise foi.

– Ah, les Français, vous êtes vraiment des petits emmerdeurs ! répondit le Russe avec ironie.

Louis se sentit embarrassé, il aurait voulu lui faire une grande impression.

– Repartons sur de bonnes bases. Je vous offre quelque chose ? fit-il en essayant de se rattraper.

– M'offrir quelque chose ? Ce casino est à moi, mon petit !

Cet homme semblait être le stéréotype même du vieux russe puissant et décadent. Louis était impressionné, il décida de montrer ce qu'il valait vraiment.

– Si ce casino est à vous alors, partageons votre meilleure bouteille de vodka, monsieur le Tsar !

Le jeune homme et le Russe parlèrent pendant au moins une

bonne heure de tout et de rien. Le Tsar tenait l'alcool mieux que personne, quant à Louis, il ne tenait plus sur ses jambes. Ivre, il décida de lui raconter sa journée et de lui montrer la vidéo dans laquelle Jules lançait la bouteille de champagne afin de défendre Alban à l'hippodrome.

— Je l'aime bien ce garçon, il est ingénieux. Mais il aurait pu faire beaucoup mieux, dit le Russe.

Le Tsar aimait la nonchalance de Louis qui était, selon lui, signe d'honnêteté, voire même d'une naïveté de jeune homme cherchant à tout prix la réussite.

— Qu'auriez-vous fait à sa place ? questionna Louis.

Le Russe se mit à rire si fort que tout le bar pouvait l'entendre, mais personne n'aurait osé lui dire de se taire, connaissant la réputation de l'homme.

— Tu sais, le Français, les bagarres étaient courantes dans mon village natal. Dans ce genre de situation, la seule solution pour régler n'importe quel problème était un simple cocktail Molotov. Facile, puissant et artisanal ! dit le Russe ironiquement.

Louis trouva la solution plutôt extrême vu la situation et il n'arriva pas à déterminer s'il blaguait ou non.

— Je prends note de cela, mon ami ! dit-il en accompagnant le Tsar dans son euphorie, continuant à enchaîner les verres de vodka.

Jules et Adèle avaient retrouvé Alban qui était près d'une des machines du casino.

— Vous vous amusez bien, les enfants ? demanda Alban.

— On va chercher Louis maintenant. Il faut savoir comment se passe le rendez-vous ! répondit Jules.

Ils se rendirent vers le bar. Jules était inquiet de ne toujours pas avoir de nouvelles de Louis. Puis il vit l'intéressé, accoudé au bar avec l'homme qui devait sûrement être le Russe. Les deux semblaient comme de vieux amis. Ils s'approchèrent non sans crainte des deux hommes.

— Tout va bien pour vous, messieurs ? lança Adèle de sa voix suave.

— Mon cher ami, laisse-moi te présenter mes amis ! dit Louis.

— Vous êtes charmants, les Français ! Vous êtes charmants ! Ce ne serait pas le jeune homme de la vidéo ? demanda le Russe en désignant Jules.

Jules fut gêné de voir sa réputation affichée ainsi. Alban ne put se retenir de rire.

— En effet, c'est notre champion ! dit Alban.

Louis reprit son sérieux. Le groupe d'amis était là pour affaire et non pour continuer à blaguer toute la soirée.

— Alors qu'avez-vous pour nous, camarade ? interrogea Louis.

Le Russe reprit lui aussi son sérieux, les nombreux verres enchaînés ne semblaient pas avoir d'effet sur lui.

— Eh bien, pour être honnête, je n'avais pas d'idée précise, mais ton ami, le jockey, le Baron enfin je ne sais pas… il pourrait être utile dans cette affaire ! dit le Russe.

Le groupe était inquiet, Jules avait l'habitude d'avoir une place d'outsider dans le groupe, quelles tâches le Russe allait-il lui confier ?

— Quelle est votre idée ? dit Alban ne voyant pas d'un bon œil ce genre de plan.

— Nous allons truquer les paris ! Je me suis un peu renseigné sur vous pour être honnête, les Français, et je sais que le cher Baron, ici présent, est l'un des meilleurs du circuit ! dit le Russe.

Louis devint subitement nerveux et Alban semblait furieux de la conversation qui tournait, selon lui, à de la manipulation.

— Et comment comptez-vous vous y prendre ? dit Alban.

— Je vais avoir besoin de vous tous pour cela. Notre plan commencera à la course de l'hippodrome de Borély dans un peu moins d'un mois. Je vais lancer les paris au plus vite. Ce sera illégal, bien sûr, alors nous devons trouver une personne prête à se mouiller et à parier gros sur le Baron ! répondit le Russe.

Louis trouva que les explications n'étaient pas très claires. L'accent du Tsar n'arrangeait rien à la compréhension du tout.

— Je ne comprends pas la logique, car nous ne gagnerons rien finalement. Tout le monde va miser sur le Baron et c'est fini ! dit Louis.

— C'est vrai, les enfants, c'est vrai, mais le Baron va perdre cette course et je vais mettre tout mon argent sur cette défaite ! C'est aussi pour cela qu'il nous faut trouver une personne capable de parier autant sur la victoire du Baron afin de faire monter la cote !

Les garçons étaient subjugués, l'idée relevait du génie pour eux. Ils ne connaissaient encore rien aux affaires, toutefois, Alban ne semblait pas impressionné. Il avait déjà entendu ce même stratagème auparavant.

— Qu'avons-nous à y gagner ? dit Jules.

— Et comment allons-nous trouver un homme capable de mettre autant d'argent et de tout perdre ? Nous allons nous faire un ennemi ! dit Louis qui aurait très bien pu penser à ses parents adoptifs, mais ils n'étaient pas assez mauvais ou malins pour cela d'après lui.

— Vous m'avez contacté par soif de liberté, je ferai en sorte de vous mettre dans le premier vol pour les États-Unis après l'achèvement de notre belle aventure comme je te l'ai déjà expliqué, Louis. Pour ce qui est du pigeon, je vous laisse cette partie du travail.

La bande d'amis n'avait tout bonnement aucune idée de comment planifier cette affaire. De son côté, Jules n'éprouvait pas la moindre honte à l'idée de perdre afin de gagner sa liberté. Il savait pertinemment que de toute façon, il était déjà trop tard pour lui : il ne deviendrait jamais professionnel et il serait envoyé sur le front avant même de pouvoir se faire réformer. Adèle profita des cocktails du bar pour se détendre. Alban était plongé dans ses réflexions, il avait un air pensif que ses amis ne lui avaient jamais connu.

— Je connais une personne ! s'exclama-t-il tout à coup.

— Une personne pour ? répondit Louis.

— Pour ce pari ! Une personne qui serait prête à mettre beaucoup d'argent pour obtenir la victoire ! poursuivit le jeune homme.

— Et qui est cette personne ? questionna Jules.

— Il s'appelle Akim et il mérite ce qui va lui arriver !

Ils finirent la soirée en compagnie du Russe, ne manquant pas de fêter cette nouvelle collaboration comme il se devait.

***

Le Tsar avait décidé de leur prêter sa maison de campagne située non loin de l'hippodrome où la course aurait lieu afin de permettre au petit groupe de peaufiner un plan dans les meilleures conditions. Jules n'avait pas besoin de s'entraîner, sachant qu'il allait perdre dans tous les cas. Alban, lui, ne put cependant s'empêcher de le questionner, lui qui restait ce compétiteur dans l'âme.

— Tu n'éprouves aucun remords à l'idée de perdre cette course ? demanda-t-il, posé sur un transat proche d'une piscine d'un bleu azur en ce bel été méridional.

— Je préfère perdre une course et gagner notre liberté que de mourir dans une guerre inutile ! répondit Jules.

On aurait pu penser qu'il était facile pour des garçons comme eux de partir en voyage et de s'enfuir vers l'aventure sans avoir recours à tout ce stratagème. Cependant, la vérité était tout autre en ces temps de guerre : il était impossible de quitter le pays. En effet, pour avoir la chance de voyager, il fallait détenir des droits de passage quasiment impossibles à obtenir.

Heureusement pour eux, le Russe était un homme puissant. Sa ruse, couplée à ses contacts, lui permettait d'obtenir à peu près tout ce qu'il souhaitait. Il pourrait les envoyer aux quatre coins du monde s'il le souhaitait. Participer à son plan était donc le meilleur moyen pour eux de s'enfuir et d'échapper à un destin funeste.

Louis arriva vers eux, toujours un verre à la main, comme à son habitude :

– Alors Alban, comment comptes-tu t'y prendre avec cet Akim ? D'ailleurs, d'où il sort ? dit Louis.

– C'est une longue histoire et je ne vais rien avoir à faire. Il risquerait de me reconnaître sinon… Vous devez vous occuper de lui ! répondit Alban.

– Tu n'es pas gêné ! Tu proposes un plan et nous devons faire tout le travail ! dit Jules.

– Écoute-moi avant de parler ! Il est facile à trouver. Il a l'habitude de se montrer partout où il sent une opportunité. Vous aurez simplement à vous rendre dans la ville où je vivais avant de vous rencontrer et de faire en sorte qu'il sache pour la course, répondit le garçon.

– Facile à dire en effet ! dit Jules.

Adèle entendit la conversation depuis l'intérieur de la maison. Elle était absorbée par son programme télé favori, mais elle décida tout de même d'intervenir parce qu'elle trouvait qu'ils faisaient trop de bruit à son goût :

– La solution est très simple, les garçons. Nous irons, moi et Jules, poser des affiches un peu partout dans cette ville concernant la course. Je suis sûre qu'il ne manquera pas de les voir. Nous préparons ces affiches dès demain. Ensuite, Louis, tu devras organiser un gala pour une quelconque œuvre de charité, tu récolteras des fonds et profiteras de cette occasion pour mentionner la course et ce pari. Évite de parler de son illégalité, on ne sait jamais la réaction des personnes présentes ! Cet Akim, s'il est vraiment opportuniste, il sera dans les parages !

Les garçons furent subjugués, l'idée était brillante. Ils approuvèrent tous sans dire un mot de plus, l'alcool parla à leur place. Le lendemain, ils décidèrent de mettre le plan à exécution.

Adèle et Jules se rendirent à l'imprimerie la plus proche et confectionnèrent des affiches pour l'événement. Louis contacta des associations au nom de sa famille adoptive qui, bien sûr, n'en savait rien. Il passa plusieurs jours à promouvoir le gala qu'il allait organiser pour l'occasion. Il savait s'y prendre, l'organisation était son fort, à lui qui aimait la fête, la débauche. Cependant, cette fois-ci, il devrait user de son charme pour convaincre les bienfaiteurs de participer à son gala. Cela tombait bien, c'était l'un de ses points forts. Alban, quant à lui, resta discret. Il avait décidé de ne pas expliquer pourquoi il avait choisi Akim et ne prit jamais la peine de parler de son histoire aux garçons. Il voulait se venger de cet homme qui lui avait tout pris et, pour cela, il avait peut-être une idée.

***

Les quelques jours passèrent. Le Russe comptait sur les Français pour réussir ce coup.

— Tout se passe bien, les amis ? Vous appréciez la maison ? dit, un soir, le Russe au téléphone.

— Tout est en ordre ici ! répondit Louis, heureux d'avoir des nouvelles du Tsar.

Ils préféraient faire court afin d'éviter toutes possibilités d'espionnage.

Le jour du gala, Louis décida de s'y rendre accompagné d'Adèle. C'était la seule fille qu'il connaissait dans les environs et elle présentait bien. Personne ne savait exactement qui était l'organisateur de la soirée. Il décida donc d'inviter ses parents adoptifs à l'événement en comptant sur leur égocentrisme pour qu'ils s'attribuent les mérites de l'organisation. Ne souhaitant pas voir son propre nom mêlé avec le gala, surtout dans le cadre de paris illégaux, Louis fut ravi de voir ses parents réagir exactement de la manière qu'il avait prévue. Sans le savoir, ses parents adoptifs étaient désormais les organisateurs officiels d'une soirée sous le signe de l'escroquerie.

Une fois sur place, Louis n'alla même pas vers eux. Ils ne firent même pas l'effort de paraître offusqués et l'ignorèrent également. Pour eux, il était évident que ce fils adoptif était devenu une erreur dont ils souhaitaient oublier l'existence. Louis ne perdit pas de temps avec ces considérations, bien trop occupé à chercher Akim. Cependant, à leur grande surprise, ce fut lui qui se dirigea vers le groupe de lui-même, ou plus exactement vers Adèle.

– Je ne vous ai jamais vue dans les parages auparavant, je m'appelle Akim, dit-il.

Louis était occupé à courir après l'un des serveurs afin d'obtenir un verre.

– Cela fait du bien la nouveauté parfois ! minauda Adèle, charmeuse.

– Laissez-moi vous offrir un verre ! proposa-t-il.

Louis trouva, de son côté, également un verre du précieux whisky qu'il aimait tant et marcha à nouveau en direction d'Adèle. Elle le vit approcher tout en continuant la conversation avec Akim. D'un geste discret de la tête, elle fit signe à Louis de les laisser, elle avait la situation en main.

– Avez-vous entendu parler de ce Baron ? dit-elle.

– Le Baron ? Est-il censé être populaire ? dit Akim.

Adèle faisait mine de rire et continua la conversation avec l'homme :

– C'est un jockey et un ami, le meilleur de tous. Il sera sur la ligne de départ à la prochaine course. On m'a fait savoir que les paris allaient être très élevés, j'ai tout misé sur lui pour être sûre de récupérer une bonne mise !

– Vous semblez intelligente, ça me plaît ! dit-il, tel un piètre séducteur.

– Vous allez vite en affaire mon ami ! lui répondit la jeune femme.

– Je sais seulement ce que je veux. J'écouterais vos conseils et parierais sur votre ami à une condition !

— Ah oui ? Quelle est votre condition, mon cher ?
— Acceptez de m'accompagner à la course !
— Avec plaisir ! répondit-elle.

Adèle ne sut quoi faire face à la situation, elle était obligée d'accepter pour mettre le plan à exécution.

— Je vous retrouve donc là-bas, je vous laisse les contacts de mon ami pour ce qui est du pari, continua la jeune femme.

Adèle laissa les contacts de Louis à Akim sans qu'il ne sache que ce même homme était présent dans la même salle. Elle envoya un message à Louis pour le prévenir de la situation :

C'est fait, retrouvons-nous un peu plus loin pour ne pas éveiller les soupçons.

Adèle s'éloigna du gala et Louis passa la récupérer en voiture ; ils rentrèrent, fiers d'avoir réussi leur coup.

— Comment as-tu fait ? interrogea le garçon.
— Ne sous-estime jamais la valeur d'une femme, mon ami !

Elle expliqua, une fois arrivée à la maison, les conditions de cette affaire : elle devait se rendre à la course accompagnée d'Akim. Jules semblait furieux, absolument pas ravi de la situation.

— Quelle idée grandiose ! Et tu es d'accord avec ça, Louis ? ironisa-t-il.
— Je n'ai pas eu le choix ou pas eu le temps d'avoir le choix à vrai dire, répondit Louis.
— Tout va aller pour le mieux, les garçons ! Pas de panique, il semblait inoffensif, en plus, votre Akim ! dit-elle.

Alban ne parla plus durant tout le reste de la soirée, il semblait pensif.

L'hippodrome

Le jour J arriva. Louis était prêt à se rendre à la course en tant que spectateur, tel un superviseur. Adèle se mit en grande tenue pour son soi-disant rendez-vous. Alban aida Jules à se préparer pour la course. Le jockey devait rester concentré et sûr de lui afin de faire croire au public jusqu'au dernier instant qu'il avait toutes les chances d'être le vainqueur de la course.

Les gradins étaient complets, Louis prit poste dans les gradins. Adèle aperçut Akim, il avait gardé une place pour elle à ses côtés. Elle avança vers lui.

– Enfin, tu es là, ma belle ! dit-il.

– Tu ne pensais tout de même pas que j'allais rater ce spectacle ! répondit-elle.

– Je t'ai fait confiance en plaçant une bonne fortune sur ton ami le Baron et, à ce que j'ai entendu, il ne fait aucun doute qu'il va gagner. J'en suis personnellement convaincu !

Adèle trouvait l'homme bien confiant. Elle eut subitement peur de sa réaction quand il constaterait la défaite du Baron.

Alban était toujours avec Jules qui venait de monter sur son cheval, plus précisément sa jument, Black Princess.

– Elle semble agitée aujourd'hui ! Comment tu te sens Jules ? dit Alban.

– Tout va bien, nous n'aurons pas grand-chose à faire, juste perdre, mon ami ! Rien de plus simple ! Ensuite à nous la liberté ! répondit Jules.

Alban eut un sourire en coin, puis il vit Jules partir pour le départ de la course. Il murmura quelques mots en observant son ami s'éloignant au loin :

– Oui, à nous la liberté, mon vieux !

Les spectateurs étaient excités. La course pouvait enfin commencer. Alban décida de se rapprocher des gradins sans trop se faire voir. Il avait gardé les clés de la voiture afin de partir au plus vite après la course.

Le départ fut donné. Les chevaux étaient lancés à pleine vitesse. Jules décida de commencer vers la tête du groupe pour ensuite se faire devancer et ainsi perdre. Il avait déjà réfléchi à cette stratégie depuis quelque temps, décidé à ne pas montrer qu'il s'agissait d'une supercherie.

— Désolé, ma belle, nous ne gagnerons pas aujourd'hui, murmura-t-il à sa jument.

Mais elle ne s'arrêtait pas, il ne pouvait rien faire, elle allait de plus en plus vite. Les commentateurs devenaient fous :

— Le Baron est proche de battre un record, regardez un peu cette performance troublante ! s'exclamaient-ils, tout excités.

Alban et Jules savaient que quelque chose n'allait pas. Leurs regards remplis d'inquiétude se croisèrent. Alban était debout en haut des gradins, Louis était fixé à son siège ne sachant quoi faire.

Akim eut un regard pour Adèle.

— Je me suis assuré que le cheval soit prêt ! dit-il.

Adèle ne sut quoi dire, subjuguée, tout comme les garçons. Impuissante, elle regardait le spectacle.

Akim avait eu l'idée de s'entretenir avec les parents adoptifs de Louis durant la soirée de gala et après avoir su pour la course et ce pari. Ils prirent la décision de doper la jument et de parier une somme colossale sur sa victoire. Comme dans le passé, l'homme avait encore eu un coup d'avance sur eux.

Alban avait les yeux fixés sur son ami Jules qui perdait totalement le contrôle de sa jument, puis il tourna le regard vers Akim. Il serra ses poings jusqu'au saignement puis regarda une dernière fois Louis et une larme coula sur son visage.

— Je suis désolé, mon frère, murmura Alban en direction de Louis.

Le garçon se dirigea d'une allure décidée vers le siège où était situé Akim et de son bras il entoura le cou de l'homme en le traînant jusqu'en dehors des gradins. Louis eut l'intelligence de se lever pour calmer les spectateurs.

— Ne bougez surtout pas, cet homme était suspect. Nous avons dû l'évacuer, vous pouvez continuer d'apprécier la course !

Le jeu de comédien de Louis fut d'une grande utilité. Du haut des gradins il put apercevoir sa voiture partir à pleine vitesse, Alban était parti avec Akim. Louis avait l'habitude de cacher un pistolet sous son volant et Alban le savait. Akim restait confiant malgré la situation.

— Sais-tu seulement qui je suis, jeune homme ? dit Akim.
— Je sais qui tu es, tu es une pourriture ! dit Alban.

Le jeune homme assomma Akim avec le pistolet et continua sa route. Jules était toujours en première place, il allait gagner. Que faire dans cette situation catastrophique ? Leur porte de sortie était en train de leur échapper !

— Je suis désolé, Princess ! murmura Jules.

C'était le dernier tournant de la course, la jument était à pleine vitesse. Jules décida de prendre ce dernier virage très serré, bien trop... Il avait pris la décision de simuler un accident. Au dernier moment, le jeune Jules fit un bond de plusieurs mètres. La jument tomba à pleine vitesse au sol. Il avait réussi à perdre la course, mais il avait dû mettre leurs vies en danger pour cela.

À terre, la jument ne répondait plus. Elle avait été bien trop dopée, son corps ne pouvait plus suivre. Jules réussit à se relever avec difficulté alors qu'une équipe de sauveteurs venait lui prêter main-forte. Il se fit conduire à l'infirmerie prévue en cas d'accident, où il fut rejoint par Louis et Adèle.

— Mon Dieu, Jules, comment tu te sens ? s'inquiéta Adèle.

Jules était épuisé. Son regard n'arrivait plus à s'accrocher à ceux qui l'entouraient. Il fixa le vide en répondant d'une voix morne :

— Je vais bien, je crois ! répondit-il.
— Tu l'as fait, tu l'as fait mon vieux ! s'exclama Louis.

Grâce à cet accident, Jules avait fini dernier de la course. Le plan se passait donc comme prévu.

— Où est Alban ? finit par demander Jules.

***

Alban était toujours en voiture avec Akim qui était toujours assommé. Il envoya quelques claques à l'homme.

— Réveille-toi ! Réveille-toi, je te dis !

La voiture s'arrêta sur un parking que les deux hommes connaissaient bien. Alban était retourné dans la ville qui l'avait vu grandir, située à une cinquantaine de kilomètres de la course. C'était toujours aussi désert. Il sortit Akim de la voiture, amoché suite aux nombreux coups que le garçon avait dû lui mettre pendant le trajet. Il le conduisit vers un bâtiment à l'air abandonné. La porte était fermée, mais Alban put aisément l'enfoncer. Le bâtiment en question était l'ancienne salle de boxe du jeune homme. Après en avoir pris possession, Akim avait pris la décision de la vendre, mais elle avait fini par tomber à l'abandon, comme le reste de cette petite ville.

Alban traîna Akim vers une chaise, puis le plaça dessus et le ligota. Le vieux ring était toujours présent.

— Qui es-tu espèce d'enfoiré ? Je vais te faire la peau ! menaça Akim, attaché à la chaise.

— Tu ne te souviens pas de moi ? Vraiment ? Tu te souviens peut-être de mon coach, mon père, mon meilleur ami, la personne qui a fait de moi l'homme que je suis aujourd'hui et la personne que tu as vue pour la dernière fois ? répondit Alban.

Akim se permit de rire.

— Mais non ! Tu es le petit Tarek ! dit-il d'un ton curieusement amical.

Alban sentit une immense rage secouer son corps. Il trouvait Akim bien trop confiant pour une personne ligotée à une chaise. Après tout, il ne savait pas encore qu'il avait perdu une bonne partie de sa fortune à cause du stratagème qu'ils avaient mis en place avec ses amis et le Tsar. Il ne savait pas que Jules avait eu l'idée de provoquer un accident avec sa jument pour perdre et préserver leur plan. À vrai dire, Alban n'en savait rien, lui non plus, mais cela n'était pas sa préoccupation du moment. Il tenait enfin l'homme qu'il haïssait plus que tout au monde. Dans la voiture, son téléphone oublié ne cessait de sonner sans qu'il ne le sache. Ses amis essayaient de le contacter depuis l'hippodrome.

***

— Il ne répond toujours pas ! déplora Louis.

— Que faisons-nous ? demanda Jules, toujours à l'infirmerie après sa chute.

— Nous n'avons plus qu'à attendre et espérer un miracle ! dit Adèle. Le portable de Jules sonna, c'était le Russe.

— Bravo, mes amis les Français, bravo ! C'était impressionnant, mais un peu dangereux tout de même ! s'exclama-t-il au téléphone.

— Merci, merci. Notre plan tient toujours ? fit Louis avec sérieux, gardant ses objectifs en tête.

— Bien sûr ! Mon avion personnel attend votre arrivée pour ce soir. Vous volerez de nuit, il va falloir faire vite, les Français ! répondit le Russe.

— Nous serons là ! assura Louis.

Il n'avait bien sûr aucune idée de comment se rendre au petit aéroport touristique situé à plus d'une centaine de kilomètres qui devait les mener clandestinement vers la liberté. Alban était injoignable et il avait eu l'idée de prendre avec lui la seule voiture disponible. Il était de toute manière hors de question pour eux de partir sans lui. Louis décida de retenter sa chance et de contacter Alban à nouveau. À la surprise générale, le garçon répondit.

— Alban ? Alban ? Tu es là ? On a besoin de toi ici ! Le plan a fonctionné ! Nous devons nous rendre à l'aéroport maintenant ! dit Louis.

Alban se trouvait en dehors de son ancienne salle de boxe, proche de la voiture, téléphone à la main écoutant la voix de Louis.

— Réponds Alban ! On doit y aller maintenant ! continua Louis.

La salle derrière Alban brûlait. Les cris d'un homme perçaient de la bâtisse. C'était Akim ! Alban venait de mettre le feu à son ancienne salle de boxe. Il reprit son souffle et répondit :
— Tout est réglé maintenant, j'arrive !

5
Fratelli d'Italia

Octobre 2022

« Tirez, tirez, je vous dis ! C'est un ordre ! » Enzo Selvaggio entendait toujours ces mots dans sa tête. Encore et encore. « Tirez ! » Il était aujourd'hui sur le navire l'emmenant tout droit vers les États-Unis où il trouverait enfin la paix. Il devait néanmoins payer son droit de passage. Il était désormais quasiment impossible de s'y rendre depuis l'Europe, peu importe la voie empruntée. La clandestinité était la seule solution. Il avait traversé mers et océans pour fuir l'enfer, pour fuir la mort qu'il infligeait.

« Tirez ! Tirez ! », c'était l'ordre que lui avait donné son capitaine cette nuit-là. Enzo Selvaggio était un jeune homme sicilien qui avait décidé de remplir son devoir de citoyen en s'engageant dans les forces armées. Il avait toujours voulu apporter la paix et aider les autres. Il avait vite réalisé que sa mission était bien différente de ce qu'il espérait. En tant que jeune gradé il était assigné aux garde-côtes italiens : il devait tenir la frontière maritime pour empêcher ceux que le gouvernement appelait « les migrants » de venir se réfugier chez eux. Ces victimes de la guerre espéraient échapper à des armes pour finalement en retrouver d'autres. La seule différence était que leur évasion était synonyme de nouvelle vie, de nouveau départ à leurs yeux. C'était pleins d'espoir qu'ils déchantaient en atteignant les côtes pour se faire menacer par de nouvelles armes… Enzo faisait partie de ce qui pouvait les attendre. Ce jeune homme gentil et charmant et ses camarades armés surveillaient les côtes sur un vieux navire, signe de la décrépitude de l'armée italienne. Ils étaient chargés de traquer les migrants, tels des animaux. Pour la suite, personne ne savait vraiment ce qu'il advenait d'eux...

Il était 23 h lors de cette nuit du 26 mars 2023, lorsqu'Enzo eut la malchance d'être dirigé par l'un des capitaines les plus détestables de toute l'Italie, le capitaine Lombardi. Enzo savait qu'il serait hanté à jamais par cette nuit-là. Il avait vu ce qui semblait être un canot de sauvetage dans lequel des dizaines de migrants étaient entassés. Sans trop réfléchir, il avait lancé l'alerte :

– Mon Capitaine ! Mon Capitaine ! Un canot au loin !

Le capitaine avait les choses en main, prêt à intervenir. Enzo proposa de mettre les personnes sur le bateau afin d'en sauver le plus possible. Le capitaine était pensif, il savait que devoir prendre les migrants sur le bateau impliquerait de passer toute la nuit à gérer cette situation, voire la journée suivante. Il aurait visiblement préféré rentrer bien tranquillement à la base après quelques heures de surveillance passées sur la mer.

– J'avais promis à ma femme de ne pas rentrer trop tard ce soir. Je vais contacter un autre bateau et signaler ce canot, ils vont être pris en charge ! dit le capitaine.

Il ordonna à ses hommes de faire marche arrière et de retourner à la base pour une bonne nuit de sommeil. Cependant, inquiet, Enzo ne voulut rien entendre :

– Nous avons suffisamment de place pour les faire monter à bord, Capitaine, allons-y ! renchérit Enzo.

Il avait une prestance naturelle, ses camarades l'écoutaient peut-être même plus que le capitaine Lombardi. L'attente du bateau près du canot fit espérer les migrants de nombreuses minutes si bien que le capitaine changea d'avis et accepta l'offre d'Enzo.

– Très bien, caporal Selvaggio, mais à vous l'honneur !

Les migrants commencèrent à monter. Ils étaient fous de joie. Une femme se dirigea vers le capitaine, elle le prit dans ses bras pour le remercier. Il ne fut pas vraiment réceptif.

— Je vous avais dit, mon Capitaine, il y a même bien assez de place pour tout le monde ! dit Enzo tout sourire.

— Oui, surveille-les bien quand même ! répondit-il.

— Je vois un autre canot au loin ! dit l'un des hommes du navire.

— Ce n'est pas l'arche de Noé ici et il y a beaucoup trop de monde sur ce navire maintenant. On ne va jamais réussir à rentrer ! dit le capitaine.

— Nous pouvons le faire, mon Capitaine, c'est certain, vous pouvez me faire confiance ! répondit Enzo, tout en indiquant à ses camarades de se diriger vers le canot.

Même si cela paraissait cruel en apparence, le capitaine avait raison de dire que ce n'était pas possible. En effet, le navire n'était pas conçu pour accueillir autant de personnes et la mer commençait à être fortement agitée. Enzo ne sut quoi faire, il y avait tant de personnes sur ce navire et il n'arrivait pas à se faire entendre. Les vagues commencèrent à frapper dangereusement le navire. Le poids le faisait tanguer à droite puis à gauche.

— Ne faites pas ça, Caporal, vous allez tous nous tuer ! dit le capitaine. Enzo ne s'arrêtait plus, il voulait sauver le plus de personnes possible.

— Nous ne sommes pas très loin des côtes, mon Capitaine, nous pouvons le faire ! répondit-il.

Le capitaine sortit son arme et la pointa en direction d'Enzo. Il était secondé de deux de ses meilleurs hommes.

— Si vous continuez à ne pas écouter les ordres, je vais devoir vous arrêter, caporal Selvaggio ! Je vous ordonne de stopper cette opération sans plus attendre, nous courons au désastre ! cria le capitaine.

Le jeune homme se retourna, les mains en l'air, et regarda droit dans les yeux son supérieur.

— Très bien, mon Capitaine, vous pouvez m'arrêter, mais, au moins, je n'aurai pas ça sur la conscience !

Soudain un groupe de migrants bondit sur le capitaine et ses deux hommes. Ils avaient bien compris que c'était la seule façon pour eux d'avoir une chance de sauver leur peau. De plus, certains membres de leur famille étaient dans l'autre canot. Ils refusaient de les abandonner. Enzo regardait la scène ne sachant quoi faire. Il se dirigea vers le capitaine afin de séparer les deux hommes quand Lombardi sortit un couteau et tua son assaillant. Il était furieux.

— Tirez, tirez, je vous dis ! C'est un ordre ! dit le capitaine.

Une émeute éclata sur le navire. Des personnes essayaient toujours de monter quand d'autres essayaient de fuir. Il y avait des tirs de tous les côtés, la panique gagna peu à peu la foule. Bien sûr, les migrants ne pouvaient pas répondre. Malheureusement, personne ne réalisait que le fait d'être tous du même côté de l'embarcation allait entraîner sa perte. Des hommes commencèrent à tomber à l'eau, ceux qui arrivaient à nager étaient entraînés vers le fond de l'eau par la puissance du navire. Le capitaine et d'autres hommes prirent la décision de procéder à une évacuation par la force en tirant dans le tas sans bien même savoir s'ils blessaient certains de leurs camarades. Le sang se mélangeait au sel de la mer.

***

Enzo se retrouva sur un canot sans même savoir comment il était arrivé là. Tout alla si vite, il était seul avec quelques personnes priant pour que la force de l'eau les dirige vers la côte. Les tirs continuaient à fuser sur le bateau, tandis que celui-ci s'enfonçait peu à peu dans les profondeurs, vers sa chute. Enzo se dirigeait vers un avenir inconnu, sa seule certitude était qu'il voulait quitter ce pays et repartir à zéro. Il y avait un grand silence sur le canot entre épuisement et choc. Ils étaient bien une dizaine sur la centaine des personnes précédentes. Enzo savait qu'il ne pourrait dormir ; il n'arrivait à tenir ni tout à fait allongé, ni tout à fait assis dans ce canot inconfortable.

Son regard se fixa dans celui d'une autre personne face à lui.

Comme un miroir, l'homme semblait être son parfait reflet : même émotion, même incompréhension dans les yeux, seuls leurs physiques pouvaient les différencier. L'homme qui lui faisait face devait avoir le même âge que lui, bien que leurs musculatures et la couleur de leurs peaux étaient différentes. Ne souhaitant pas céder à la panique, Enzo voulait essayer de lancer la conversation pour détourner ses pensées de l'horreur qui prenait place sur le bateau à leurs côtés :

— Toi ! Qu'est-ce que tu vas faire une fois arrivé ? Tu comprends ce que je dis ?

— Je comprends, je parle même plusieurs langues. Nous ne sommes pas des sauvages, tu sais ! répondit l'homme.

— Excuse-moi, je ne voulais pas insinuer cela. Quel est ton nom ?

— Je m'appelle Souleyman, Souleyman Princeton et toi, l'Italien ?

— Je m'appelle Enzo. Enzo Selvaggio. Que fais-tu ici, Souleyman ? interrogea le jeune homme, surpris par cette rencontre.

— Comme tout le monde ! Je fuis !

— Eh bien nous n'avons plus qu'à fuir ensemble, je crois bien… dit Enzo, bien que perplexe de toute cette situation.

Souleyman Princeton avait tout perdu de son passé, de son Afrique natale. Il lui raconta qu'il souhaitait devenir avocat, qu'il était le meilleur de son université. On le surnommait Prince, diminutif de son nom de famille. Avant la guerre, c'était un beau jeune homme séduisant les femmes, très intelligent et d'une confiance absolue. Mais ce monde l'avait changé : il n'avait plus de famille, plus de camarades de classe, plus de petite amie, juste ce canot auquel se rattacher et ce jeune Italien assis en face de lui.

— Que faisons-nous alors, l'Italien ? demanda-t-il.

— J'ai peut-être une idée ! répondit Enzo.

Au matin, le canot arriva près des côtes. Par le passé, Enzo avait eu envie de partir pour l'Amérique afin de s'y construire une nouvelle vie. Il savait que cela était tout bonnement impossible pour le moment, les eaux aux alentours des États-Unis étaient trop bien gardées. Il lui faudrait alors passer par le nord du Mexique, puis se rendre à La Nouvelle-Orléans où de la famille attendait avec impatience son arrivée. Les personnes présentes sur le bateau voulaient toutes se rendre en France ou en Angleterre. C'était aussi le plan de Souleyman avant qu'il ne se lie d'amitié avec Enzo. Plus il parlait avec lui, plus il se laissa persuader par l'idée de changer sa destination. Les deux jeunes hommes étaient désormais à la rue. Un migrant et un déserteur. Et dans le coin, il ne valait mieux pas se faire voir ainsi. Ils devaient avant tout trouver un téléphone pour appeler un contact d'Enzo pouvant les sortir de là, ou ils seraient vite repérés. La solution semblait facile, ils pourraient tout simplement demander le portable d'une personne quelconque dans la rue pendant quelques minutes, mais plus ils y réfléchissaient, moins l'idée leur semblait bonne. En effet, la population dénonçait les personnes suspectes, migrantes ou non, sans état d'âme. Ils devaient donc trouver une autre solution. Souleyman était un étranger dans ce pays et s'il était repéré, Enzo finirait certainement dans une prison militaire. De plus, d'anciens camarades du jeune homme avaient peut-être survécu, n'hésitant certainement pas à le désigner comme coupable de la catastrophe afin de se dédouaner de toute responsabilité. Les deux jeunes hommes décidèrent de se donner des surnoms pour ne pas attirer l'attention. Une fois arrivés sur la terre ferme, ils se retranchèrent dans une ruelle isolée pour réfléchir :

— Qu'est-ce qu'on fait, César ? dit Souleyman.

— J'ai peut-être une idée, Prince, mais je ne pense pas qu'elle va te plaire ! répondit-il.

— Dis toujours !

— Il y a une manifestation pour le climat et la liberté des migrants dans l'après-midi. Elle est censée être pacifiste, nous allons nous faufiler dedans ! dit Enzo.

— Super… Et ça va nous apporter quoi au juste ?

— Tu n'as jamais rien volé étant jeune ? Ça va être le meilleur moyen pour faire les poches de tout le monde et trouver un portable !

Souleyman n'était pas très emballé par cette idée, préférant la justice et l'ordre. Ils décidèrent de tenter tout de même leur chance. De nombreuses personnes étaient présentes lors de cette manifestation et ils réussirent à se fondre dans la masse sans rencontrer le moindre problème.

— Prince, reste avec moi ! Il ne faut surtout pas qu'on se sépare ! avertit Enzo.

— Tu crois vraiment que ces écolos vont partir en émeute ? Ce n'est pas mon pays ici, tu sais, et je vous trouve plutôt pacifiques !

— Je ne le sens pas, Prince, crois-moi les choses sont bien plus subtiles ici… poursuivit Enzo, très perplexe quant à la finalité de cette manifestation pacifique.

Les manifestants se dirigeaient vers la place de la mairie. Ils ne savaient pas que plusieurs pelotons des forces de l'ordre attendaient leur venue. Cependant, lorsqu'ils le constatèrent, leurs esprits commençaient à s'échauffer. Le pacifisme laissa place à la colère et l'incompréhension devant ces troupes armées. Les forces de l'ordre étaient en ligne, sans mouvement apparent. Ils attendaient, plantés là, comme par provocation devant une foule qui protestait. Certains manifestants s'avancèrent vers les hommes armés pour parler et expliquer qu'ils étaient là pour la paix et pour manifester démocratiquement, mais les représentants de la loi firent mine de ne rien entendre, les visages fixés sur l'horizon.

Enzo et Souleyman étaient toujours dans cette foule de manifestants. Ils avaient pour objectif de passer l'après-midi à se remplir les poches. Ils volaient les manifestants sans ressentir aucun remords lorsqu'ils comprirent le piège dans lequel ils s'étaient embarqués. Ils observèrent en silence une jeune fille gracile s'approcher d'un des hommes armés alignés en peloton pour s'offusquer :

— Nous sommes en droit de manifester ! C'est une démocratie, ici, et vous ne pouvez rien faire contre ! dit-elle.

Son interlocuteur resta froid comme le marbre et ne prit même pas la peine de la regarder. Agacée, elle reprit :

— Vous n'avez pas honte de vous tenir ici sans aucune raison ?

L'homme regardait toujours droit devant lui, puis des paroles sortirent de ses lèvres presque malgré lui :

— Fuyez, tout de suite, ça va être un carnage !

Son regard trahissait son effroi. Il était obligé de suivre les ordres de sa hiérarchie, mais le désaccord se lisait sur son visage. L'air impuissant, il répéta plus fort :

— Fuyez, je vous dis ! Maintenant !

La jeune fille eut un regard apeuré. Elle semblait prendre conscience du danger qui les guettait. L'une de ses amies lui lança, paniquée :

— Je crois que nous ferions mieux d'y aller !

Les manifestants qui avaient eu la chance d'entendre le soldat s'échappèrent discrètement. Au même moment, deux véhicules approchèrent. Ils se garèrent derrière les forces de l'ordre. C'étaient deux camions antiémeutes armés de canons à eau. Sans laisser le temps à la foule de réagir, les canons s'activèrent et visèrent le centre de la manifestation. Certaines personnes furent projetées en arrière. Souleyman n'en croyait pas ses yeux. Il lança :

— Nous devons les aider !

— Et comment au juste ? répondit Enzo.

Souleyman partit en direction des manifestants au sol. Enzo le suivit à contrecœur. Ils commencèrent à relever les personnes afin de les extraire de la foule. Un pavé frôla le visage d'Enzo pour finir sur l'un des hommes armés.

— Nous devons faire reculer ces personnes ! s'alarma

Souleyman.

– Nous devons surtout fuir au plus vite ! répondit Enzo.

Soudain, une personne parmi les forces de l'ordre fit quelques pas en avant. Il avait l'air d'être le chef du peloton. Il leva son bras au ciel, le poing fermé tout en maintenant sa position pendant une longue minute, alors que des manifestants continuaient à approcher, prêts à en découdre avec les forces de l'ordre. Son bras se baissa et tous les hommes armés de matraques se lancèrent sur les civils.

– Il faut partir de ce pays ! dit Enzo.

– On est bloqués ici, on ne peut rien faire ! répondit Souleyman.

– Nous devons trouver un téléphone ! Je vais contacter mon oncle à La Nouvelle-Orléans, il va nous sortir de là !

Les deux garçons étaient coincés dans une foule entre terreur et envie d'en découdre. Un garçon tomba au sol avec son portable à la main. Enzo vit la scène et ne put s'empêcher de penser au téléphone. Il le lui fallait, c'était sa chance de rentrer en contact avec sa famille. Il était prêt à se précipiter vers le jeune homme au sol.

– Qu'est-ce que tu fais ? Nous devons l'aider ! dit Souleyman. Il poussa Enzo et releva le jeune homme au sol.

– Merci ! dit-il, rassuré de ne pas s'être fait piétiner par des manifestants en panique.

– Pars maintenant, tu en as assez fait ! dit Souleyman au garçon.

Enzo était furieux. Il était certain d'avoir manqué sa chance de contacter sa famille aux États-Unis. Les deux garçons se frayèrent un passage vers la sortie de la manifestation. Souleyman souriait, visiblement content de lui-même.

– Qu'est-ce qui te fait sourire ? On a grillé notre chance ! dit Enzo.

– Tu es si naïf ! répondit Souleyman qui sortit le portable de sa poche. Tu vois, je ne suis pas si gentil que ça finalement !

Il avait relevé le jeune homme sans oublier de saisir son portable, se disant que ce dernier pourrait très bien s'en procurer un nouveau plus tard. À force de persistance, les garçons finirent par réussir à s'éloigner un peu de la manifestation.

– Qu'est-ce qu'on fait maintenant ? dit Souleyman.
– Je vais essayer d'appeler ! répondit Enzo.
– Tu te souviens du numéro ?
– Quand un numéro peut te sauver la vie, tu t'en souviens forcément ! Merde, je n'avais pas pensé au code !
– Essaie quatre fois zéro ! dit Souleyman.

Les garçons étaient presque tête contre tête à contempler le téléphone. Enzo essaya le code et c'était une réussite.

– Oui ! Enfin !

Enzo était euphorique. Il composa le numéro sans plus attendre. Au bout de deux sonneries, une voix d'homme répondit :

– Angelo, j'écoute ! dit l'homme.
– Oncle Angelo, c'est Enzo ! Je n'ai pas beaucoup de temps, mais si notre deal pour La Nouvelle-Orléans tient toujours, je peux venir quand tu veux ! dit le garçon.

Plus loin, la manifestation devenait de plus en plus violente et la foule, ainsi que les forces armées commencèrent à se rapprocher des jeunes hommes.

– Je suis heureux de t'entendre mon petit Enzo. Laisse-moi voir ce que je peux faire pour toi, d'accord ? dit Angelo.
– Je n'ai pas vraiment le temps, c'est urgent ! dit le garçon.
– Si c'est urgent, mon neveu, tu vas malheureusement devoir payer le passage plus cher j'en ai bien peur... mais à toi de voir mon grand !
– Je le ferai, juste dis-moi un prix ! J'ai oublié de te préciser nous serons deux !

L'oncle leur expliqua que pour prendre le prochain navire pour La Nouvelle-Orléans sans même avoir à passer par le Mexique, les garçons devraient débourser une somme considérable de

10 000 euros et se procurer cette somme avant le départ qui devait se faire dans la nuit. Cela était tout bonnement impossible. Ils devraient se résigner à partir dans plusieurs jours ou plusieurs mois, les prix de passage seraient moins chers, mais ils avaient peu de chance de ne pas finir en prison avec leurs statuts actuels. Les manifestants étaient en plein combat avec les forces de l'ordre. Des magasins commencèrent à se faire piller.

— J'ai une idée ! dit Souleyman.
— Le temps n'est plus vraiment aux idées, mais à la fuite, Prince ! répondit Enzo.
— Arrête un peu et regarde plutôt au bout de la rue.

Une bijouterie y était située. Des personnes cagoulées tentaient de briser la vitrine de la boutique.

— Tu es un génie, Prince. Il faut y aller ! Vite !

Les garçons couraient en direction de la bijouterie. Ils se rapprochèrent de plus en plus. L'homme qui tentait de briser la vitrine n'y arrivait malheureusement pas et la porte de la bijouterie était close.

— Écoutez-moi ! On va pousser la voiture derrière nous dans la vitrine ! dit Enzo.

Les individus, secondés par Enzo et Souleyman, se mirent au travail. La voiture servit de bélier et la vitrine fut détruite sans difficulté. Ce qu'ils n'avaient pas prévu, en revanche, ce fut le propriétaire armé qui s'interposa entre eux et les bijoux. Des coups de fusil à pompe se firent entendre. Les hommes se retranchèrent derrière les stands de bijoux, tandis que le propriétaire armé se tenait à l'autre bout du magasin vers la caisse.

Enzo était assis derrière l'un des stands, il eut moins d'une demi-seconde pour tendre la main vers le haut du stand afin de récupérer quelques bijoux. Il sursauta lorsqu'un tir le frôla pour toucher l'un des hommes assis à ses côtés. De l'autre côté de la boutique, Souleyman le regardait d'un air terrorisé. Le propriétaire du magasin approchait de plus en plus. Souleyman fit des signes assez peu compréhensibles de la main à Enzo, il voulait indiquer son intention d'interception de l'homme armé qui s'approchait.

— Vous voulez prendre tout ce que j'ai durement bâti bande de jeunes débiles ? Vous allez voir ce que je vais vous prendre, moi ! hurla le bijoutier.

Souleyman regarda Enzo et fit un décompte avec ses doigts pour lui signaler qu'ils devaient se jeter sur lui à zéro. Cinq, quatre, trois… Des tirs fusèrent de chaque côté de la bijouterie. Enzo et Souleyman se jetèrent au sol pour ne pas être touchés. Ils étaient prêts à neutraliser l'homme, mais leurs idées furent vite volées. C'étaient les forces de l'ordre qui tirèrent une dizaine de fois sur le bijoutier. Ne ratant pas cette occasion en or, les garçons profitèrent de la distraction pour prendre discrètement quelques bijoux supplémentaires.

— Que plus personne ne bouge, vous êtes tous des prisonniers maintenant ! dit l'un des policiers.

Les garçons levèrent les mains en l'air et furent interceptés chacun par l'un des hommes, puis menottés. C'en était fini pour eux. Enzo ne sut quoi faire, il en était visiblement de même pour Souleyman.

— Vous me dites quelque chose, vous deux ! Quels sont vos noms ? Vous avez des papiers avec vous ? dit l'un des hommes armés.

— Pas de papiers sur moi, monsieur, je m'appelle César et mon ami, c'est Prince, dit Enzo, en souhaitant garder leur véritable identité cachée.

— Sérieusement ? Vous avez trouvé vos noms où, les gars ? lança l'un des policiers, l'air moqueur.

Les garçons ne savaient plus quoi faire de plus. Ils cachaient sur eux les nombreux bijoux qu'ils avaient volés, or, les forces de l'ordre allaient certainement les fouiller et les leur reprendre. Ils devaient trouver une solution au plus vite. Ils étaient maintenant des prisonniers alignés en file avec certains des voleurs qui étaient avec eux dans la bijouterie. Le groupe fut conduit à travers la manifestation jusqu'à l'arrière des pelotons, afin d'être certainement envoyé au poste de police. Les garçons savaient qu'il fallait bien une dizaine de minutes avant de pouvoir traverser toute la manifestation, et qu'il fallait donc qu'ils trouvent une solution afin de s'échapper avant. En observant autour de lui à la recherche d'une idée, Enzo remarqua que l'homme devant lui était très certainement l'un des voleurs qu'il l'avait aidé à briser la vitrine de la bijouterie. Sa carrure était facilement reconnaissable. Il se rapprocha de lui et demanda :

— C'était toi, tout à l'heure, qui poussais la voiture à mes côtés ?

— Vous n'avez pas l'autorisation de parler ! dit le militaire à côté du jeune homme.

Le groupe arriva à l'arrière des pelotons. On leur ordonna de s'asseoir, dos au mur. À nouveau côte à côte, Souleyman et Enzo purent échanger à nouveau, veillant à parler à voix basse pour ne pas se faire surprendre :

— Il y a quelque chose d'étrange avec ces mecs, Enzo ! dit Souleyman en parlant des autres prisonniers qui avaient pillé la bijouterie avec eux.

— Qu'est-ce qui te fait dire ça ? C'est simplement des casseurs, voire des voleurs ! lui répondit Enzo.

L'homme qu'il avait reconnu précédemment était assis juste à côté d'eux. Il se pencha vers eux et lança :

— Pas de panique, les enfants, nous serons libres dans peu de temps. Attention à vos yeux ! dit-il avec un fort accent de l'Europe de l'Est.

Il tourna sa tête vers les autres prisonniers qui répondirent à son signe. Les garçons réalisèrent subitement qu'ils étaient des intrus dans ce groupe. Tous les prisonniers semblaient se connaître. Leurs bras s'agitaient dans leurs dos comme s'ils manigançaient quelque chose. Chacun muni d'une lime, ils étaient en train de se libérer.

Souleyman et Enzo comprirent qu'ils étaient face à des professionnels qui savaient exactement ce qu'ils étaient en train de faire.

– Discrètement, les garçons ! dit l'homme en passant la lime à Enzo.

Pas habitué à ce genre d'opération, Enzo eut beaucoup plus de mal à se libérer. Il surprit du coin de l'œil que, durant l'escorte par les forces armées, les voleurs avaient eu le temps de voler des fumigènes et d'autres objets. Comme ils leur tournaient le dos afin de mieux surveiller la manifestation, les militaires ne virent pas le plan d'évasion qui était discrètement en train de se mettre en place.

– Les garçons, c'est notre moment ! Préparez-vous à courir et suivez-moi quoi qu'il arrive !

L'homme sortit quelque chose de son cou. C'était une croix, il l'embrassa. Il se tourna vers les autres prisonniers et leur lâcha :

– Maintenant, les gars ! Maintenant !

Ils lancèrent tous des fumigènes devant eux. Les militaires les plus proches des prisonniers eurent à peine le temps de se retourner qu'ils reçurent des coups de tous les côtés. Les voleurs s'emparèrent de leurs armes sans plus attendre. Ils savaient que les pelotons présents à quelques mètres n'oseraient jamais tirer à travers les fumigènes de peur de blesser des camarades. Le nouveau groupe accompagnant les garçons avait moins de scrupules : ils décidèrent de tirer dans le tas et provoquèrent une véritable anarchie au sein de la manifestation. La foule devint encore plus agressive. Tout le monde se battait pour sa vie sans savoir d'où venait le danger. Enzo et Souleyman se sentirent vite dépassés par cette guerre civile. Ils avaient cependant retenu les conseils du chef de la bande de voleurs et décidèrent de le suivre. Ce dernier se dirigeait vers l'un des camions armés de canons à eau.

– Qu'est-ce qu'il fait ? s'inquiéta Enzo.

– Je crois qu'il va nous sortir de là, Enzo, répondit

Souleyman, tout en courant vers le camion.

— Montez vite, les garçons ! dit l'homme.

Les garçons grimpèrent dans le véhicule, accompagnés par quelques-uns des voleurs. Le chef partit à pleine vitesse au volant du camion, il prit le soin de passer à travers les pelotons des forces de l'ordre plutôt qu'en pleine manifestation.

— Où allons-nous ? demanda Enzo, inquiet, à l'homme au volant.

— Peu importe, mais loin d'ici, mon ami ! répondit l'homme, hilare.

— Il faut qu'on vous parle de quelque chose ! lança Souleyman, peinant à se faire entendre à travers le vacarme aux alentours.

— Oui, nous devons nous rendre au port ! De là, nous pourrons prendre un bateau se rendant en Amérique ! continua Enzo.

— Et comment comptez-vous payer l'accès, les amis ? demanda l'homme, toujours en volant de l'engin.

— Avec les bijoux volés ! Vous pouvez venir avec nous, il y a bien suffisamment de place ! répondit Souleyman.

— Je vais y réfléchir. En attendant, il faut sortir de cet engin. On est assez éloignés de cette guerre civile, on va vite nous repérer maintenant !

L'homme tourna dans une ruelle afin d'y cacher le camion. Ils descendirent les uns après les autres. Avant de repartir, l'homme regarda les deux garçons :

— Mes amis, je ne vais pas pouvoir vous suivre. Mes camarades et moi avons encore des choses à régler ici ! dit-il.

— Merci pour tout. Sincèrement ! lança Enzo.

— Ne me remerciez pas. On ne fait que survivre et pour cela on doit prendre des décisions amorales ! Si les choses sont plus belles en Amérique, contactez-moi quand même, les amis !

— Nous le ferons ! Mais nous ne savons même pas qui vous

êtes… rétorqua Souleyman.

— Je m'appelle Iwan. Vous pourrez me joindre à ce numéro. C'est un bar tenu par un groupe de Polonais dont je fais partie. Adieu, les garçons, et faites attention à vous.

Enzo et Souleyman partirent ensemble en direction du port. Durant cette nuit d'avril 2023, ils montèrent à bord du bateau qui les mènerait à la liberté. Après quelques heures d'attente au port dans une nuit glaciale, une petite embarcation arriva précisément à l'endroit indiqué par l'oncle d'Enzo. Les deux garçons échangèrent un regard rempli d'émotions. Ils ne pouvaient s'empêcher de penser à ce qu'ils avaient traversé.

— Quoi qu'il arrive et où que cette nouvelle vie nous mène, nous pouvons compter l'un sur l'autre, Prince ! décréta Enzo.

— C'est une promesse, César ! répondit Souleyman.

Les garçons montèrent sur le bateau qui allait les mener vers leur nouvelle vie.

6
Little wild love

Janvier 2023

La place des femmes devenait de plus en plus importante dans cette société qui avait laissé les hommes au pouvoir depuis des décennies. Adèle représentait à elle seule la force de toutes ces femmes. Indépendante et forte, elle n'avait besoin de personne pour exister. Bien résolue à prendre le contrôle de sa vie, elle avait décidé de ne plus laisser ses trois meilleurs amis l'emmener où bon leur semblait. Elle avait pris la décision de partir seule pour deux semaines à Miami avant de retrouver ses amis à La Nouvelle-Orléans. Ce furent 2 semaines de fêtes et d'amusements en tout genre entre festivals de musique et journées à lambiner au lit. Le train était presque arrivé en gare, elle n'avait toujours pas de nouvelles de ses amis qui étaient censés la rejoindre. Elle n'était pas inquiète pour autant, elle trouverait bien d'autres occupations. Un jeune homme assis en face d'elle commença à lui faire la conversation. Il était charmant et elle attendait depuis le début du trajet que le jeune homme bien timide daigne lui parler.

— Vous êtes de La Nouvelle-Orléans ? dit-il avec un petit accent italien.

— Tout autant que vous, j'imagine ! répondit-elle ironiquement avec son accent français.

— Je viens à peine d'arriver, à vrai dire. J'ai un peu de famille ici, ça aide à s'intégrer !

— Et vous croyez que je n'ai pas d'amis ? dit Adèle d'une douce arrogance.

– Je ne voulais pas dire ça, mais nous pourrions apprendre à mieux connaître cette ville ensemble.

Le jeune homme était assez maladroit et pas très doué avec les femmes visiblement.

– Eh bien nous nous reverrons sûrement un jour, mon cher ! dit Adèle tout en partant, le train arrivant en gare.

Les amis d'Adèle n'étaient pas là, cela l'étonnait un peu. Elle jeta tout de même un œil à droite à gauche pour s'en assurer quand un homme s'approcha d'elle.

– Vous semblez perdue. Vous êtes sûre que vos amis sont de confiance ?

C'était le garçon du train. Il ne lâchait décidément pas l'affaire.

– Encore vous ! Vous voulez quelque chose ?

– Non, non ! dit le jeune homme, gêné.

– Je rigole, ne stresse pas ! Tu as autre chose à me proposer que d'attendre des amis qui ne viendront jamais ? dit Adèle.

– Eh bien nous pouvons aller au restaurant de mon oncle. Je suis en congé aujourd'hui, mais je travaille comme serveur le reste du temps, on peut y faire un petit tour. Tu verras il y a souvent des bons groupes.

– Bon très bien je te suis, alors, très cher !

– Super ! Je ne sais pas si ça t'intéresse, mais je m'appelle Enzo, mais tu peux m'appeler César !

– Ça va aller pour Enzo, je pense ! Je m'appelle Adèle, sans surnom bizarre à côté.

***

Ils partirent en direction du restaurant. Le garçon prit soin de prendre les bagages de la jeune femme. Il semblait très attentionné, voire un peu trop à son goût. Selon elle, c'était ce genre de personne que les femmes ont dû faire souffrir. L'oncle d'Enzo tenait un restaurant en ville depuis des dizaines d'années. C'était un habitué de La Nouvelle-Orléans, il y connaissait tout le monde. Adèle et Enzo arrivèrent devant l'entrée.

— Je te présente le « Mona Lisa », c'est mon oncle Angelo le propriétaire.

— Très original, dis-moi, voyons voir ce que nous réserve l'intérieur ! dit Adèle, sans se départir de son sarcasme.

Le garçon entra dans le restaurant d'un air bien décidé. Il n'avait plus rien à voir avec le garçon timide de tout à l'heure. Adèle en déduisit qu'il devait se sentir parfaitement à son aise dans cet environnement.

— Voilà, c'est ici que je passe mes journées depuis peu ! dit le garçon, apeuré du possible mépris de la jeune femme.

— J'aime beaucoup, dit-elle, et nous pouvons boire ou ce serait trop demandé ?

Un homme sortant des cuisines arriva. Vu son attitude, il devait être l'oncle du garçon.

— Enzo, tu es enfin là ! Ce n'était pas facile sans toi, heureusement que ton ami nous prête main-forte ! dit l'homme.

— J'avais besoin d'un peu de vacances, oncle Angelo. Ne t'inquiète pas, je ne te laisserai plus aussi longtemps tout seul. Je sais que tu te fais vieux ! se moqua gentiment Enzo.

— Je vois que tu es revenu en bonne compagnie ! s'exclama l'oncle en apercevant la jeune femme derrière Enzo.

— Je te présente…

Le garçon eut à peine le temps de continuer que la jeune femme lui coupa la parole :

— Je suis Adèle. Votre neveu m'a dit plein de belles choses sur votre établissement, j'espère qu'il n'a pas menti, car je ne vois rien de bien festif ici !

La jeune fille n'avait peur de rien, un grand mélange d'assurance et d'arrogance se dégageait d'elle.

— Eh bien ce n'est que le milieu de l'après-midi, à vrai dire. Un groupe sera là ce soir et on attend beaucoup de monde, mais si vous voulez je peux vous faire quelque chose à manger en attendant ? demanda l'oncle.

Il ne s'attendait visiblement pas à recevoir une jeune femme pleine de confiance en elle. Il l'aimait déjà. Enzo et Adèle s'installèrent à table sous son regard. Ils savourèrent bien vite les meilleurs plats du restaurant. Subitement, Adèle eut l'air inquiète :

— Je suis désolée, mais j'ai totalement oublié que je devais retrouver mes amis. Tu ne m'en veux pas si je passe un appel ? dit-elle d'une étonnante gentillesse.

— Bien sûr que non, répondit Enzo.

Adèle sortit du restaurant pour passer son appel.

— Alors vous êtes ou les gars ? Je suis déjà en ville dans un restaurant bien sympa tenu par des Italiens, qu'attendez-vous ? dit-elle.

— Nous ne pouvons pas passer maintenant, retrouvons-nous plutôt à l'appartement. On va sûrement sortir ce soir chez un nouvel ami irlandais si ça te dit ! dit un jeune homme au bout du fil.

— Très bien, très bien, allons chez les Irlandais alors ! À plus tard alors !

— À plus tard Adèle.

La jeune fille était plutôt déçue de devoir encore suivre ses amis dans une soirée qui cachait certainement une part de mystère. Elle décida de rentrer dans le restaurant.

— Tout va bien ? demanda Enzo.

— Oui, juste mes amis qui m'attendent ce soir pour aller à une soirée certainement nulle chez un Irlandais !

— Ah, je vois, bon courage alors ! N'hésite pas à m'appeler si jamais tu t'ennuies, nous risquons de finir tard ici !

Un homme entra dans le restaurant quand il vit le garçon à table avec la jeune femme, il fut très étonné et s'exclama en souriant :

— Mais qu'est-ce qu'il se passe ici ?

— Adèle, je te présente Souleyman ! C'est un ami, voire plus à vrai dire.

— Enchanté Adèle, tu peux m'appeler Prince !

Souleyman aidait l'oncle à l'arrière-cuisine, il s'occupait de la plonge et un peu de tout à vrai dire.

— Joins-toi à nous, mon vieux ! dit Enzo.

Ils discutèrent tous ensemble pendant bien une heure, à boire et à manger. L'oncle Angelo servait ses meilleurs vins.

— Désolé les garçons et jeune femme, je ne veux pas vous déranger, mais nous devrions commencer à préparer pour ce soir.

L'oncle était un peu déçu de les couper dans leur bonheur.

— Je dois partir de toute façon, mes amis m'attendent, dit Adèle.

— Bon, très bien et souviens-toi, n'hésite pas à appeler ce soir ! répondit Enzo.

Adèle partit, laissant les garçons et l'oncle Angelo à la préparation de la soirée. Elle marcha dans le centre de La Nouvelle-Orléans sous une journée ensoleillée. Il y avait des touristes dans toutes les rues, les magasins et restaurants étaient bondés. Elle atteignit enfin l'appartement qu'elle partageait avec sa bande d'amis.

— Vous êtes là, les gars ? dit-elle.

— Dans le salon, Adèle ! répondit un jeune homme.

Trois garçons étaient attablés, l'un tenait un verre de whisky, les deux autres jouaient aux cartes.

— Vous avez l'air de vous ennuyer à mourir ! remarqua Adèle.

— On est toujours mieux que dehors avec tous ces touristes, s'exclama l'un des jeunes hommes.

— Tu sais qu'on est aussi un peu des touristes, Alban ! rétorqua l'un des garçons.

— Oui, mais des touristes de qualité, Jules ! précisa le dernier des garçons.

— Alors on fait quoi déjà ce soir ? demanda Adèle.

— Eh bien, Louis s'est lié d'amitié avec une personne que le Russe connaissait si j'ai bien compris ou une histoire comme ça, répondit Alban.

— Je vous ai déjà dit, les gars, Pat est un ami de longue date du Russe, nous sommes allés le voir avant ton arrivée, Adèle, afin de prendre contact et ce soir nous devons faire bonne figure, il est notre chance de réussir ici ! expliqua Louis.

— Et il y a de bonnes soirées chez ce fameux Pat ? Parce que sinon, j'ai d'autres plans ! reprit la jeune femme.

— Eh bien nous n'avons pas vraiment eu le temps de profiter donc nous allons le découvrir !

***

Les garçons et Adèle étaient prêts à se rendre à la soirée. Les rues de La Nouvelle-Orléans n'attendaient plus qu'eux. Le bar de Pat était situé dans l'une des rues les plus festives de la ville, Frenchmen Street, ce qui plaisait bien aux Français. Ils devaient se rendre sur place en marchant, faute d'avoir les moyens de se payer un taxi.

Une fois devant l'entrée du bar, Louis s'adressa au videur :

— Nous avons rendez-vous avec le patron !

— Attendez quelques instants, dit le videur en bougeant sa carrure imposante pour rentrer dans le club.

Quelques instants plus tard, Pat, de son allure tout aussi imposante bien que d'une façon moins sportive, sortit du club, les bras grands ouverts.

— Les garçons ! Entrez donc ! s'exclama-t-il.

Ils suivirent l'homme jusqu'à l'arrière-salle du bar afin de parler business, Adèle préféra rester danser et profiter pleinement de la soirée en attendant les garçons. La jeune femme fut vite remarquée, bien qu'au milieu d'une foule bondée de monde. En moins d'une heure, des jeunes hommes enchaînèrent les tentatives en offrant un verre, puis un autre, demandant un numéro ou un nom. Adèle n'était pas intéressée par ces propositions toutes plus puériles les unes que les autres. Elle voulait profiter de la liberté que pouvait procurer cette soirée et s'éloigner le plus possible des aventures que sa vie avec les garçons en France avait pu lui apporter. Alors qu'un nouveau garçon s'approchait d'elle, son portable se mit à vibrer. C'était le jeune Italien rencontré plus tôt qui lui avait envoyé un SMS :

J'espère que ta soirée se passe bien. Ici, mon service est bientôt fini !

La jeune femme trouva la tendresse du jeune homme touchante. Elle répondit :

Ma soirée se passerait mieux si les hommes n'existaient pas !

Le jeune homme le prit pour lui :

Je suis désolé de te déranger, à bientôt alors.

Étonnamment, Adèle se sentait proche du jeune Italien plein de bonté et de sincérité. Elle lui répondit :

On peut se voir plus tard si tu veux ? Vers la rivière ? Au Moonwalk Park, c'est proche du quartier français et de la rivière !

Le garçon accepta sans attendre. Il restait encore du temps à Adèle pour quelques danses avant de retrouver Enzo.

Les garçons et Pat sortirent de l'arrière du club en direction du bar afin de savourer quelques verres. Adèle marcha en direction du groupe.

— Mes amis, je vous laisse ici, je suis attendue, lança la jeune femme.

— Attendue par qui ? questionna Jules d'un air jaloux.

— Par le diable, dit-elle en rigolant sur le départ.

D'une nonchalance qui lui était sienne, elle laissa ses amis seuls finir la soirée afin de retrouver ce jeune homme qu'elle connaissait à peine. Elle monta dans un taxi en direction du Moonwalk Park.

Il l'attendait proche du canal, une bouteille de Prosecco et un grand sourire aux lèvres.

— Tu as cru que c'était un rendez-vous romantique ? dit-elle. Enzo fut gêné de la question.

— Non, non, mais je me suis dit que tu aimerais partager un

verre. La jeune femme trouva l'attitude du jeune homme mignonne.

Ils partagèrent donc la bouteille. Adèle eut soudain une idée. Devant un Enzo sans mots, elle retira son haut puis son bas avant de se jeter dans l'eau de la Mississippi River.

— Fais attention, c'est dangereux, il y a beaucoup de courant ! avertit le jeune homme.

— Viens, plutôt que faire ta mauviette ! se moqua-t-elle.

Le garçon fut pris au défi, il s'empressa de sauter à l'eau à son tour.

— Mon Dieu, elle est glacée ! s'écria Enzo.

— Arrête donc de te plaindre ! Tu n'as jamais profité de la mer en Italie ?

— Oui, mais c'était bien différent… répondit Enzo.

Il baissa le regard, replongeant dans son triste passé.

— Tout va bien ? s'inquiéta-t-elle.

— Oui, juste des histoires inutiles.

— Eh bien, j'espère découvrir tes nombreux mystères !

Enzo se sentait bien avec Adèle. Elle avait l'air d'être une femme qui menait une vie d'aventures pas si différente de la sienne. Et son assurance féminine apportait encore plus d'attrait à son physique charmant.

Après leur baignade, ils s'accoudèrent sur les barrières devant la rivière, tous les deux un verre de Prosecco à la main.

— La lune est belle ce soir ! s'extasia le jeune homme.

— Tu n'arrêtes jamais avec le romantisme, toi ! répondit Adèle.

— Tu as toujours eu cette répartie ou tu me trouves vraiment vieux jeu ? rétorqua le garçon.

— Mais non, mais non, tu es mignon, tu parles bien, le parfait stéréotype de l'Italien, dit-elle.

— Je ne savais pas qu'il y avait un stéréotype de l'Italien ! s'amusa-t-il, le sourire aux lèvres.

Ils n'osaient pas se l'avouer, mais ce moment était pour eux comme synonyme de paradis. Ils étaient enfin libres, commençant tout juste à se découvrir l'un et l'autre. Adèle avait perdu l'habitude de cela, pouvait-elle se laisser aller avec ce garçon ? Ou devrait-elle le laisser là et ne plus jamais le revoir ? Elle eut à peine le temps d'y réfléchir qu'Enzo revint à la charge.

— Tu aimes regarder des films ? demanda-t-il.

— Tu as des questions bien étranges et oui j'aime bien, ça dépend des films, disons !

Le jeune homme voulait inviter Adèle dans son appartement prêté gracieusement par son oncle, mais il ne savait pas vraiment comment s'y prendre.

— Tu n'es pas trop fatiguée ? s'inquiéta-t-il.

— Crache le morceau ! Je te vois hésitant depuis tout à l'heure. Dis ce que tu as à me dire !

Adèle avait très bien cerné la timidité du jeune homme.

— Eh bien j'ai pensé que nous pourrions finir cette bouteille chez moi à vrai dire…

— Tu vas vite en besogne, toi ! répondit Adèle ce qui gêna encore plus Enzo.

— Désolé je m'exprime mal, j'aimerais juste beaucoup passer du temps avec toi et je voudrais que tu fasses plus ample connaissance avec mon meilleur ami.

— Bon si Souleyman est présent, j'accepte. Allons-y !

Ils allèrent tous les deux en direction de l'appartement de Enzo, situé à quelques kilomètres de là dans un bâtiment à l'allure plutôt macabre.

— Charmant ton appartement ! se moqua la jeune femme.

— Oui, désolé, l'intérieur est en meilleur état !

— Je rigole, je rigole, c'est très bien !

Le jeune homme vivait au dernier étage du bâtiment et, pour couronner le tout, il n'était pas muni d'un ascenseur. Il fallait monter cet escalier à l'équilibre douteux. Heureusement pour Adèle, le garçon était un débrouillard, il avait, avec l'aide de son colocataire, commencé à rénover l'appartement qui ressemblait désormais à une grande chambre d'adolescent.

Ils entrèrent. Un garçon était assis dans le canapé jouant au tout dernier jeu de foot du moment.

– Salut, Souleyman, regarde qui je ramène ! s'exclama Enzo.

– Dis donc, c'est l'amour fou entre vous deux. Vous avez décidé de ne plus vous quitter ? se moqua gentiment le colocataire.

– Eh bien, tu as tout deviné. En réalité, j'ai plutôt été appâtée par la bouteille de Prosecco et la perspective d'une charmante compagnie ! répondit Adèle d'un air blagueur.

Enzo resta dans son coin, gêné par la blague de son ami. Ils discutèrent un moment, profitant de la soirée jusqu'à ce qu'Adèle déclare :

– Je ne vais peut-être pas vous déranger plus longtemps. Nous avons tous sommeil, j'imagine, il est tard ou tôt, selon les points de vue.

– Tu peux très bien rester, il y a de la place ! dit Souleyman arrivant à la rescousse d'un Enzo ne sachant trop quoi dire.

Ce dernier daigna tout de même préciser :

– Tu peux dormir dans mon lit, je vais dormir dans le canapé.

– Non, c'est bien trop gentil de votre part !

– Non, ne t'inquiète pas, ça me fait vraiment plaisir ! insista Enzo.

– Bon très bien alors, merci beaucoup j'ai vraiment besoin de dormir !

Ils allèrent tous se coucher, heureux de la nouvelle vie qu'ils menaient. Enzo avait encore Adèle en tête, il se remémorait cette baignade dans la rivière. Il n'avait que rarement passé une si agréable soirée.

Il décida de lui envoyer un message, ne pouvant pas attendre le lendemain matin pour lui dire à quel point cette soirée avait merveilleuse. Il lui écrivit :

Tu dois sûrement déjà dormir, je voulais juste te dire merci pour cette belle soirée, ça m'a fait du bien. J'avais besoin de ça, j'espère qu'on aura l'occasion de reproduire la même chose bientôt, c'est peut-être un peu tôt, mais je voulais que tu saches que tu me plais !

Enzo ne reçut aucune réponse. Il entendit une personne arriver, c'était Souleyman venu chercher de quoi se rafraîchir dans le réfrigérateur.

— Tu as eu peur ou quoi ? Tu t'attendais à quelqu'un d'autre ? dit Souleyman en souriant. D'ailleurs, il faudra qu'on ait une discussion demain.

— À propos de quoi ? dit Enzo.

— Des hommes sont passés au restaurant de ton oncle, je ne les avais jamais vus avant !

— Et alors ? Il y a souvent des nouveaux clients ! rétorqua Enzo.

— Ce n'étaient pas vraiment des clients, je crois, mais bon nous en parlerons un autre jour, bonne nuit mon vieux.

— Bonne nuit, mec !

Enzo ne pensait pas vraiment à ce que venait de lui dire son ami, il était seulement focalisé sur son portable à attendre la réponse d'Adèle qui ne venait pas. Il décida donc de s'endormir.

Les heures passèrent, Enzo fut réveillé par un bruit, il s'empressa de regarder son portable. Il était 4 h du matin. Dans le même temps, il put s'apercevoir qu'Adèle avait lu son message sans pour autant y répondre. Il entendit dans la noirceur de la pièce une personne s'approcher. C'était Adèle, elle s'allongea près du jeune homme dans ce canapé peu spacieux et sans dire un seul mot elle s'endormit, collée à lui. Enzo ne dit pas un mot et s'endormit à son tour, heureux de ce moment qui signa pour lui la réciprocité de ses sentiments.

***

Les mois passèrent. La relation entre Enzo et Adèle avait pour le moins évolué dans le bon sens et Souleyman était l'heureux spectateur d'une romance en devenir. Cela lui donnait presque des idées. Il passait le plus de temps possible à l'extérieur et non plus seulement entre le restaurant et l'appartement. De plus, maintenant que la jeune femme était entrée dans la vie des garçons, le rythme de leurs vies était devenu des plus festifs. Il ne manquait tout de même pas de prêter main-forte à l'oncle d'Enzo.

Le jour se leva sur La Nouvelle-Orléans.

— Qu'est-ce que tu vas faire de tes jours de congés ? demanda Souleyman.

— Je compte emmener Adèle faire un tour à Miami, nous prendrons ce train dans lequel nous nous sommes rencontrés ! répondit Enzo.

— Vous êtes vraiment devenus vieux jeu ! Enzo préparait les valises pour le petit séjour.

— J'espère que ça va aller pour toi au restaurant, s'inquiéta le jeune homme.

— On ne va pas s'en sortir sans toi ! répondit ironiquement son ami. Une personne entra dans l'appartement, c'était Adèle qui était maintenant comme chez elle dans cet appartement. Enzo se tourna vers elle, lui montrant ses valises et lança :

— Tout est prêt, nous n'avons plus qu'à y aller !

Ils dirent une dernière fois au revoir à Souleyman avant de partir.

7
Peace and war

25 minutes plus tard

Souleyman était parti entamer son service du soir au restaurant de l'oncle Angelo. Il y tenait toujours le rôle de plongeur et il était heureux comme ça, bien loin de tout ce qu'il avait pu vivre auparavant. Il n'avait rien à penser, juste à laver des couverts et autres ustensiles, ce qui pourrait paraître fastidieux pour certains, mais pour lui c'était une échappatoire paradisiaque. Il était bien loin de son pays et de cette guerre interminable dans cette ville où les seuls conflits étaient tournés autour des jeux à boire et de l'argent. Les bandits s'en prenaient aux bandits, c'était un mal pour un bien, du moins c'est ce qu'il pensait. Mais savons-nous vraiment à quel moment l'on devient un gangster ? Y a-t-il des règles ou des limites très claires ? Souleyman allait bientôt le découvrir. Dans son pays, le bien et le mal étaient facilement perceptibles. D'un côté, il y avait les personnes fuyant la guerre et de l'autre les personnes provoquant la guerre. Il préférait le pacifisme, vivre sa vie pleinement en évitant à tout prix les problèmes.

Maintenant, il avait pris l'habitude de se plonger dans les livres, la musique et toutes les séries et films possibles. Il comptait bien rattraper toute la culture qu'il avait pu manquer pendant son long périple vers l'Italie, puis les États-Unis. Ici, il n'était pas vu comme un migrant, car les bons contacts de la famille d'Enzo avaient permis aux deux jeunes hommes de se procurer des papiers plus facilement.

Il arriva au restaurant « Mona Lisa » de l'oncle Angelo. Il n'avait plus qu'à attendre le début du service, écouteurs dans les oreilles. Angelo était en cuisine, toujours à regarder sa petite télé afin de ne rien rater des actualités sportives. Alma s'occupait du service, c'était une jeune femme d'origine mexicaine dans les âges de Souleyman avec qui le contact passait de mieux en mieux. Le garçon était de nature joviale, le stéréotype même du garçon cool du lycée, et malgré cela, il restait humble, doutant certainement de son potentiel de séducteur. Néanmoins, il savait que le jour viendrait où il allait inviter Alma à sortir. De plus, le bonheur d'Enzo et d'Adèle lui donnait de plus en plus d'idées. Il ne voulait pas se retrouver seul à l'appartement alors que le couple était en vadrouille. Il prit la décision de prendre les devants. Ce serait aujourd'hui qu'il parlerait à Alma !

— Comment tu vas aujourd'hui mon vieux ? demanda Alma à Souleyman.

— La même routine ordinaire, et toi ? ! répondit-il

— La même routine ordinaire ! répéta-t-elle en le copiant d'un air rieur.

— Dis Alma, ça te dirait une sortie ce soir après le service ?

— Quel genre de sortie me proposes-tu ? C'est un rencard, Souley ?

— Non, je suis tout seul en ce moment à l'appartement et je me disais que ça me ferait sans doute du bien de sortir.

— Eh bien je n'ai rien de prévu et, comme tu le sais, ici, on ne roule pas sur l'or, ça aurait donc été avec plaisir, mais je ne peux pas malheureusement !

— Ne t'inquiète pas, je connais quelques endroits où nous pourrions avoir quelques verres offerts.

— Eh bien, tu m'as convaincue, allons-y après le service !

Souleyman ne pouvait pas espérer meilleur scénario, il passa tout le service à rêver de la soirée avec les yeux fixés sur sa montre. Il était 23 h, les derniers clients étaient enfin partis. Ils n'avaient plus qu'à dire bonne nuit comme chaque soir à l'oncle Angelo avant de repartir, mais celui-ci n'était pas à son poste. Étrange, il ne quittait habituellement les cuisines que pour aller boire un verre en salle avec les clients. Ils entendirent du bruit dans la réserve du restaurant.

— Oncle Angelo ? appela Souleyman qui avait pris l'habitude de le nommer ainsi comme Enzo à son habitude.

Ils ne reçurent aucune réponse et décidèrent d'avancer vers la réserve où ils tombèrent nez à nez avec Angelo assis et trois hommes debout devant lui, sous forme de négociation plus ou moins musclée. Ces hommes, Souleyman les avait déjà vus la veille.

— Tout va bien, oncle Angelo ? demanda-t-il. L'un des trois hommes se retourna.

— Oncle Angelo ? Tu n'as pourtant pas une tête très italienne, tu dois sûrement te tromper, mon garçon ! dit-il en ricanant.

— Qui êtes-vous et que faites-vous ici ? demanda la jeune Alma au caractère bien trempé.

— Qui sommes-nous ? Nous sommes les propriétaires de ce restaurant, désormais, et vu que votre soi-disant oncle Angelo est trop vieux pour travailler assez et payer ce qu'il nous doit, c'est maintenant à vous, mes amis, de prendre le relais !

Les trois hommes partirent sans oublier de bien bousculer le garçon. L'un d'eux se retourna vers Souleyman.

— Nous comptons sur toi, mon garçon. Je laisse l'oncle Angelo t'expliquer les conditions de notre contrat !

Alma et Souleyman se précipitèrent en direction d'Angelo.

— Est-ce que tout va bien ? Ils ne t'ont pas fait de mal ? demanda Alma.

— Tout va bien les enfants, tout va bien ! répondit l'oncle.

— On va trouver un moyen d'arranger ça, mais avant il faut que tu nous expliques tout ! dit Souleyman.

— Très bien, asseyons-nous dans la salle, je vais faire du café !

Pendant près d'une heure, l'oncle Angelo expliqua ce qu'il devait faire pour les Italiens qui avaient le contrôle de la plupart des restaurants et clubs du quartier. L'oncle devait un loyer mensuel à ces hommes sous peine de se voir confisquer son restaurant. Bien sûr, ce loyer était augmenté mois après mois et l'oncle n'était plus en mesure de le payer. Il devait trouver une solution pour réunir l'argent ou pour se sortir de ce piège.

— Nous pouvons peut-être vendre l'appartement et nous vivrons tous ensemble, ici, avec toi, en haut du restaurant ! proposa Souleyman.

— Crois-moi que j'ai déjà pensé à cette solution et eux aussi d'ailleurs, ils ont pris possession de la plupart de mes biens afin d'être sûrs de recevoir leur paiement, répondit l'oncle.

— Nous allons trouver une solution Angelo, c'est promis ! poursuivit Alma.

Souleyman et Alma partirent du restaurant.

— Notre programme a quelque peu changé ! dit Alma.

— C'est sûr, tu veux venir dormir à l'appartement ? Ce n'est pas une proposition déplacée, mais après cette histoire, nous devrions rester ensemble, non ? questionna Souleyman.

— Bonne idée, oui, restons ensemble ! répondit-elle.

Ils allèrent en direction de l'appartement, les rues y menant étaient vides. Malgré cela, ils se sentirent observés depuis la sortie du restaurant. Un taxi passait dans la rue. Souleyman décida sans plus attendre de lever la main pour l'interpeller afin d'arriver au plus vite. Avant de monter dans la voiture, il jeta un dernier coup d'œil dans cette rue sombre et vit un homme debout le regard fixé sur lui. Leurs craintes étaient confirmées, ils étaient bien suivis depuis le début.

— Pouvez-vous emprunter un itinéraire indirect ? demanda Souleyman au chauffeur afin de semer les suiveurs.

— Comme vous voulez, Monsieur, dit le chauffeur. Ils discutèrent tout le long du trajet.

– Vous avez un accent, vous êtes du coin ? fit Alma au chauffeur.

– Je viens tout droit d'Italie, je suis nouveau en ville, répondit-il.

Alma et Souleyman eurent un échange de regards, et si cela n'était pas une coïncidence ? Si cet homme était de mèche avec les autres ?

– Vous pouvez nous arrêter là, merci ! dit Souleyman, effrayé.

– Je ne vous arrête donc pas au numéro 2 de la prochaine rue ? lança le chauffeur, faisant bien savoir qu'il connaissait exactement l'adresse.

Ils sortirent du taxi sans un mot.

– Qu'est-ce qu'on va faire ? Ce chauffeur semblait connaître les Italiens du restaurant ! s'exclama Alma.

– On va réfléchir ! Et de toute façon il avait déjà notre adresse. L'oncle a dit qu'ils détenaient aussi l'appartement, répondit Souleyman.

– Oui, mais ils peuvent très bien bluffer. Oncle Angelo se fait vieux, il est influençable, dit-elle.

– C'est vrai ! Et si on profitait de la soirée sans penser à cela pendant un instant ?

– En effet, je crois que j'ai besoin de repos !

Souleyman et Alma dormirent dans le même lit. L'angoisse s'était emparée d'eux. Ils ne dormirent que très peu, à vrai dire. Ils savaient qu'en plus du travail au restaurant, ils allaient devoir trouver un plan. Ils prirent la décision de ne pas tenir informé Enzo afin qu'il profite de ses vacances avec Adèle, le connaissant, celui-ci serait rentré sans attendre.

Le matin venu, ils allèrent ensemble au restaurant pour entamer une nouvelle journée de travail. L'oncle Angelo faisait mine de rien, comme si rien ne s'était passé la veille.

– Tout va bien aujourd'hui, oncle Angelo ? dit Alma.

– Oui, il faut qu'on continue à travailler comme on fait !

répondit-il.

Angelo ne voulait pas admettre qu'ils étaient maintenant soumis à ce groupe d'individus. Lui qui faisait passer son indépendance avant tout n'imaginait pas un seul instant pouvoir faire appel à l'aide de ses proches ou à de la famille. Il voulait régler le problème seul, ne voulant pas perturber en plus la vie d'autres personnes. Souleyman et Alma n'entendaient pas les choses de la même façon. Ils comptaient bien trouver une solution.

***

Le soir, lorsque le service fut fini, Alma et Souleyman partirent ensemble, c'était devenu une habitude.

— Je vais rentrer chez moi, je me sens mal de squatter ton appart, Souley, dit-elle.

— Ne t'en fais pas, ça me fait vraiment plaisir et je pense qu'il est préférable que nous restions ensemble pour le moment !

— Très bien, je vais juste chercher quelques trucs chez moi et je reviens au plus vite alors, continua-t-elle. Ne t'en fais pas je ne serai pas longue.

Souleyman laissa Alma partir seule, inquiet pour elle. Il allait profiter de l'occasion pour faire un peu de ménage et réorganiser l'appartement de façon à ce que la jeune femme se sente chez elle, notamment en allant faire quelques courses dans l'une de ces supérettes qui ne ferment jamais, même après minuit.

Alma était presque chez elle. Son appartement était assez éloigné du centre-ville. La rue était calme, ce qui était appréciable.

Souleyman arriva à son appartement, il se pressa de ranger ses courses et de faire le ménage. La jeune femme pouvant arriver à tout moment. Son téléphone sonna, c'était Enzo.

— Alors tout va bien mon vieux ? dit Enzo, la joie dans sa voix démontrant sa méconnaissance des événements se déroulant actuellement à La Nouvelle-Orléans.

— Tout va bien, et comment va la vie à Miami ? Adèle n'en a pas marre de toi ?

— Tout va pour le mieux, très cher ! dit-elle, écoutant elle aussi la conversation.

Une personne sonna à l'appartement. Souleyman ne fit pas vraiment attention à cela, de nombreuses personnes se trompaient souvent de sonnette. Mais c'était assez insistant.

— Je vois que tu as trouvé quelqu'un pour te tenir compagnie, dit Enzo, blagueur au téléphone.

— Je t'expliquerai, je vous laisse alors.

— Oui, à bientôt, Souley, on revient dans une semaine maintenant, je te tiens au courant.

Souleyman se précipita vers l'interphone.

— Oui ? dit-il simplement.

— Ouvre-moi, ouvre-moi vite, s'il te plaît.

C'était Alma, elle semblait terrifiée et en pleurs. Souleyman l'entendit monter les étages à vive allure. Elle arriva en quelques instants dans l'appartement et fonça dans les bras de Souleyman. Son état rappelait à Souleyman le sien lorsqu'il avait été sur ce vieux canot de sauvetage en direction de l'Europe.

— Mon Dieu, qu'est-ce qu'il t'est arrivé ? Raconte-moi ! dit le jeune homme.

— J'étais proche de mon appartement, quand… quand une personne est arrivée derrière moi avec un couteau. Je n'ai rien pu faire.

— Qu'a-t-il fait ? demanda-t-il, sa nervosité grandissant de plus en plus.

— Il m'a tout pris, mon sac, les quelques bijoux que j'avais sur moi.

— Et c'est quoi ces blessures ? Il t'a frappée ?

— Oui… je crois… je sais plus trop, c'est arrivé si vite…

— Ne t'inquiète pas, reste là, personne ne viendra ici.

— Mais si c'était l'un des Italiens ? Ils connaissent ton adresse ! On est foutus ! dit-elle.

— Je vais réfléchir, je te promets que je vais trouver un plan !

Souleyman fit prendre une douche à Alma et il s'occupa d'elle jusqu'à son sommeil. Il ne dormit pas de la nuit, trop occupé à chercher un plan.

Il reçut un message d'Enzo, accompagnée d'une photo :

Nous pensons fort à toi, petite photo dans le meilleur restaurant polonais de Miami !

Une idée de génie lui vint à l'esprit. Il se rappela les Polonais rencontrés en Italie. Cet homme, Iwan, qui avait aidé Enzo et Souleyman à s'en sortir et qui avait affirmé être prêt à l'aider à nouveau s'il en avait l'occasion. Il avait gardé son contact, bien sûr il était sans doute trop tard pour l'appeler, mais il tenta sa chance tout de même. À sa grande surprise, l'homme répondit du premier coup.

– Iwan, c'est toi ? Iwan, tu m'entends ? C'est Souleyman ! Tu te souviens à la manif en Italie ?

L'homme semblait être en plein milieu de la soirée la plus arrosée possible.

– Souleyman, mon ami, bien sûr, comment pourrais-je t'oublier ? Qu'est-ce que tu deviens ? Tu es dans le coin ? Viens boire un verre !

L'homme était clairement ivre.

– Je dois te parler de quelque chose, mon ami, quelque chose de très important.

Iwan comprit la gravité de la situation dans la voix du jeune homme. Il décida de sortir de l'endroit où il était.

– Raconte-moi tout !

Souleyman passa une longue heure au téléphone avec Iwan, racontant dans les moindres détails les événements passés. Ils mirent en place une stratégie qui pourrait s'avouer bénéfique pour tout le monde. Iwan attendait depuis bien trop longtemps l'occasion de gagner du pouvoir, lui qui était encore resté aux pillages et autres faits de bas étages. Il voulait passer la vitesse supérieure. Le plan serait des plus simples dans le fond : s'emparer du territoire par un coup d'État pur et dur.

Le groupe de Polonais était des spécialistes de la sécurité, ils allaient simplement prendre possession des lieux qui étaient la propriété des Italiens et attendre leur arrivée pour les confronter les uns après les autres. Iwan décida d'envoyer les plus forts de ses hommes en première ligne, clandestinement, par avion dans la semaine. Il suivrait par la suite.

Souleyman n'avait plus qu'à attendre jusqu'à la semaine suivante. Il avait enfin une échappatoire, un plan qui semblait n'avoir aucune faille. Il alla tenir compagnie à Alma pour le restant de la nuit, s'allongeant sur un matelas qu'il avait posé au côté du lit.

Le lendemain matin, Souleyman alla au restaurant. Il décida de laisser Alma se reposer et préféra ne pas indiquer à l'oncle son agression. Il ne toucha pas un mot également du plan convenu avec les Polonais, mais seulement qu'il avait trouvé une solution et qu'il faudrait faire profil bas et dire aux Italiens que tout serait réglé dans la semaine à venir.

L'oncle Angelo avait une grande confiance en Souleyman et du respect pour le jeune homme qui avait parcouru un long chemin avant d'arriver ici. Le jeune homme était maintenant confiant qu'un bel avenir était encore possible.

Les jours passèrent, le calme régnait. Les Polonais devaient arriver dans trois jours, le samedi, juste quelque temps après le retour d'Enzo et d'Adèle. De ce fait, Souleyman pourrait exposer ce qu'il s'était passé pendant ces deux semaines à Enzo, tout en lui faisant part de sa solution en s'associant à Iwan. Il se doutait que son plan allait satisfaire Enzo qui voulait à tout prix éviter les problèmes. Avant le grand jour, Alma et Souleyman décidèrent de se changer les idées en se rendant sur Frenchmen Street afin d'y trouver de quoi se divertir. C'était vendredi soir et la rue était envahie de monde. Mardi gras arrivait bientôt et des milliers de touristes étaient venus des quatre coins de la planète pour assister aux festivités.

— Et si on allait dans ce club ? dit Souleyman en pointant du doigt l'établissement.

— Allez ! On m'a parlé de cet endroit, il paraît qu'il y a la meilleure ambiance de toute la ville ! répondit-elle.

— Eh bien, allons vérifier cela !

Ils entrèrent dans le club, un groupe donnait un concert de musique irlandaise. L'ambiance était plaisante. Souleyman et Alma étaient heureux de partager cette soirée ensemble, loin de tout problème. Ils se sentaient bien ensemble et partageaient maintenant presque tout.

— Je t'offre un verre ! Tu veux boire quoi ? dit Souleyman.

— Une bière et peu importe laquelle, je te fais confiance ! répondit-elle.

Il se rendit au bar, laissant Alma assise un peu plus loin à une table près du comptoir. Souleyman attendait sa commande et il contemplait dans le même temps son amie. Il n'avait jamais vraiment pris le temps de la regarder, son visage innocent et ses yeux perçants. Elle tourna son visage vers lui quand le barman apporta les bières au garçon qui dut dévier son visage du sien au dernier moment. Quand il se retourna avec les deux bières à la main, un homme était en face de lui.

— Rappelle-toi ce que tu nous dois ! dit l'homme d'un accent italien puis il asséna un coup de poing d'une grande violence au visage de Souleyman.

L'homme se pencha vers Souleyman au sol et le prit par le col.

— Demain, c'est le grand jour. Avise-toi d'être prêt. Plus prêt qu'aujourd'hui en tout cas !

Souleyman vit un homme arriver d'un pas décidé derrière l'Italien.

— Toi, tiens-toi prêt ! lança-t-il.

L'Italien se retourna et prit un coup de tête par l'homme qui se tenait derrière toi.

— Sortez-moi cet Italien, il n'a rien à faire ici ! dit-il.

Deux hommes trapus prirent l'Italien et l'emmenèrent à l'arrière du bar. L'homme releva Souleyman.

– C'est bon, tout est fini vous pouvez continuer la soirée ! dit l'homme à la foule.

Puis il releva le jeune homme à terre et lui demanda :

– Tu vas bien mon vieux ?

– Oui ça va, merci beaucoup pour ton aide, c'est rare ces temps-ci ! répondit Souleyman.

– Souley, tu vas bien ? dit Alma en se précipitant sur lui avec inquiétude.

– Qu'est-ce que ces Italiens vous veulent ? Il ne faut pas les laisser s'infiltrer dans vos affaires, ce sont des vrais parasites ici ! dit l'homme.

– Nous le savons que trop bien... dit Alma.

– Je crois que vous avez cassé vos verres dans la chute, laissez-moi vous en offrir dans l'arrière-salle du bar.

Il les servit et leur demanda :

– Alors qu'est-ce qui vous amène à La Nouvelle-Orléans ?

Il semblait être quelqu'un en qui l'on peut avoir confiance. Souleyman et Alma sentirent qu'ils pouvaient lui faire aisément la conversation.

– Alma vient du Mexique, moi de Syrie et nous nous sommes rencontrés, car nous travaillons au restaurant de l'oncle du meilleur ami Enzo, dit Souleyman.

– Tu es d'où en Syrie ? dit l'homme.

– Alep, pourquoi ?

– Non, juste par curiosité. En tout cas, votre histoire est bien compliquée, mais bon on est tous pareils, j'imagine ! Et il est où votre ami Enzo, ce soir ?

– Il est à Miami avec sa chère et tendre pour deux semaines, mais ils reviennent demain, dit Alma.

– C'est drôle ça, l'une de mes plus proches amies est aussi à Miami avec son copain que je ne connais pas.

— Adèle ? demanda Souleyman avec surprise
— Adèle, oui, répéta l'homme, encore plus surpris.
— Et toi, tu t'appelles comment, d'ailleurs ? dit Alma.
— Je m'appelle Alban !

Ils passèrent bien une heure à échanger par la suite, étant stupéfaits de la situation. Alban décida d'appeler en vidéo Adèle afin de partager ce moment tous ensemble. La situation semblait incroyable. Les deux groupes n'étaient maintenant plus qu'un.

Il commençait à se faire tard, Souleyman et Alma devaient rentrer afin d'avoir de l'énergie pour la journée de demain qui les attendait. Ils dirent au revoir à Alban tout en sachant qu'ils se verraient de nouveau bientôt. Une fois arrivés à l'appartement, Alma soigna les quelques écorchures que Souleyman avait à la suite de la bagarre dans le club. Ils se remémorèrent quoi faire une dernière fois avant le grand jour :

— L'oncle Angelo va fermer le restaurant le soir. Tu iras chercher Enzo et Adèle à l'aéroport pendant que je me chargerai d'aller chercher les hommes d'Iwan le Polonais. Ils vont atterrir sur l'aérodrome d'un club d'aviation loin de tous les soupçons. On se retrouve au restaurant. C'est OK pour toi ? dit Souleyman.

— Bien sûr. Je n'ai pas grand-chose à faire, juste aller chercher les amoureux à l'aéroport. Ça devrait aller ! dit-elle ironiquement.

— Bon, tout devrait se passer comme prévu, conclut Souleyman, bien qu'un peu inquiet.

Ils allèrent tous deux dormir, exténués de la soirée qu'ils venaient encore de passer. Ils savaient que demain serait le grand jour, un chemin sans retour vers une liberté tant attendue qui peinait à venir. Alma se rapprocha de Souleyman comme pour être rassurée dans ses bras protecteurs et athlétiques. Son corps était forgé de tout le voyage qu'il avait dû effectuer afin de se retrouver à ce jour précis. Le visage de la jeune femme se rapprocha de celui de Souleyman et ils partagèrent un baiser qui conclut de la meilleure façon leurs aventures jusqu'à aujourd'hui.

***

Le lendemain matin, ils ne prirent pas le temps de reparler de cette nuit, ils allèrent travailler pendant la journée pour ensuite mettre en œuvre le plan prévu. Comme prévu par Souleyman, Alma devrait se rendre à l'aéroport afin de retrouver Enzo et Adèle, tandis que le jeune homme devrait retrouver le groupe de Polonais. Le service de la journée se passa comme à son habitude, les clients étaient au rendez-vous, accompagnés d'une multitude de touristes. L'oncle Angelo suivit les directives de Souleyman et ferma le restaurant le soir. Il en profita pour travailler quand même en cuisine afin de commencer les préparatifs pour le début du carnaval en ville. C'était la période la plus chargée, il ne pouvait pas se permettre de ne rien faire.

Alma partit en premier en direction de l'aéroport en taxi, Souleyman emprunta la voiture très vintage d'Angelo afin de se rendre à la piste d'atterrissage située bien en dehors de la ville.

La jeune femme arriva à l'aéroport aux alentours de 17 h, juste à temps pour l'arrivée des amoureux qu'elle tiendrait informés du plan le plus tôt possible. Souleyman était en route, sa nervosité grandissait. Il reçut l'indication de seulement prévenir le propriétaire du club d'aviation qu'il était venu pour une réservation au nom du club de bridge polonais, étrange, mais cela restait un mot de passe. Il attendit bien une quinzaine de minutes quand il vit apparaître dans le ciel un avion sur le point d'atterrir, il se rapprocha de la piste, le sourire aux lèvres. L'avion se posa et rien ne se passa, les portes ne s'ouvraient pas. Souleyman jeta un regard vers le pilote, celui-ci semblait pétrifié. Qu'avait-il pu bien arriver ? Il y avait du sang sur certaines vitres des hublots. Le jeune homme n'attendit pas plus longtemps et décida de s'enfuir, il se retourna en direction de sa voiture, mais vit une dizaine de véhicules arriver vers lui. De nombreuses questions tournaient dans sa tête. Et s'il avait été trahi par Iwan ? Ou bien un intrus était présent dans l'avion ? Il essaya d'appeler Alma, mais elle ne répondait pas. Ses mains tremblaient, la peur s'empara de lui, il ne sut quoi faire d'autre que de se mettre à genoux et les mains derrière la tête pour ensuite être amené en voiture par un groupe d'individus.

***

À l'aéroport, Alma attendait Enzo et Adèle. Elle était vers la porte d'atterrissage où de nombreux touristes sortaient pour avoir le plaisir de fêter dans quelques jours Mardi gras à La Nouvelle-Orléans. Elle allait avoir du mal à trouver ses amis dans tout ce lot de personnes. Après quelques minutes d'attente, elle vit le visage d'Adèle puis celui d'Enzo, Alma eut un large sourire, mais celui-ci ne fut pas réciproque. Le couple était suivi de près par deux hommes, ils se rapprochèrent tous d'Alma. Enzo la regarda droit dans les yeux et cria :

— Courez, courez !

Le groupe partit à toute vitesse dans une foule qui commençait à être paniquée par les cris du jeune homme. Ils étaient suivis par les deux hommes.

— Il faut aller en direction du parking de taxis, plus vite, plus vite ! s'écria Adèle.

Ils arrivèrent sur place et montèrent au plus vite dans un taxi.

— Foncez, foncez, vous serez payé le prix qu'il faut ! dit Enzo.

— Qu'est-ce que c'est que ce bordel ? cria Adèle.

— Je ne sais pas, enfin je n'en suis pas sûre. On a eu des problèmes avec des Italiens qu'on devait régler ! dit Alma.

— Eh bien c'est réussi ! Et où est Souleyman ? dit le jeune homme.

— Il est parti à un club d'aviation, il doit retrouver des Polonais qui doivent nous aider ! C'était la seule solution, continua Alma qui commençait à pleurer.

— Ne t'inquiète pas, on te croit, vous auriez dû nous prévenir ! On va arranger ça ensemble, d'accord, Alma ? dit Adèle, se voulant rassurante avec la jeune femme.

Sur ces dernières paroles, une voiture arriva à pleine vitesse sur le taxi qui fut éjecté en dehors de la route sur plusieurs mètres. À l'intérieur, le chauffeur était décédé, il ne restait plus qu'eux. Des personnes s'approchèrent du taxi.

– Celui-là est mort ! dit un homme en s'approchant du chauffeur.

– La fille de devant est salement amochée, elle ne va pas tenir longtemps ! dit un autre en regardant Alma qui était du côté passager.

– Nous emmenons les trois. Vous pouvez laisser le chauffeur ici, brûlez la voiture.

– On n'aura jamais assez de place pour tout le monde même le plus serré possible, dit le plus jeune des individus semblant rigoler de la situation.

– Eh bien, laissez la fille de devant dans les flammes !

Ils partirent avec Enzo et Adèle sans avoir aucune pitié pour Alma qui aurait pu vraisemblablement être sauvée. Ils furent emmenés, cagoule sur la tête en direction d'un entrepôt. Une fois sur place, les individus mirent Adèle et Enzo sur des chaises, ils sentirent la présence d'une personne.

– Souleyman, est-ce que c'est toi ? dit Enzo.

– C'est moi, mon ami, c'est bien moi. Ils vous ont capturés tous les trois ? répondit Souleyman.

Un homme arriva et frappa Souleyman pour le faire taire. Enzo répondit tout de même :

– Pas vraiment mon ami, pas vraiment...

Enzo n'osait pas dire ce qui était arrivé à Alma. L'un des hommes, qui semblait être le chef, se dirigea vers Souleyman.

– En effet, il manque une personne. Elle est actuellement dans les flammes, ça vous évitera de l'enterrer, dit-il froidement d'un accent italien.

Le visage de Souleyman devint extrêmement blanc, proche de l'évanouissement.

– Je suis vraiment désolé, c'était devenu ta copine, non ?

questionna l'homme, ironiquement.

Enzo et Adèle ne savaient pas que les deux s'étaient rapprochés pendant leur absence, le groupe était sous le choc.

— Qu'est-ce que vous nous voulez ? dit Adèle.

— À vrai dire, nous n'avons rien contre vous, mes amis. Vous êtes juste des gentils ! continua l'homme.

— Alors pourquoi ? Pourquoi tout ça ? demanda Enzo.

— Parce que toi, ma belle, tu as des amis que nous souhaitons éliminer et toi, mon vieux, nous t'avons vu avec l'un de ces gars récemment. Nous ne voudrions pas que vous nous passiez devant, c'est tout, le business les enfants !

Le groupe d'individus était à la recherche des amis d'Adèle et notamment du jeune Alban que Souleyman avait rencontré la veille.

— Nous ne pouvons pas vous aider et je ne sais même pas où ils sont actuellement ! dit Adèle.

— C'est bien pour ça que j'ai veillé à récupérer ton portable dans le taxi. Il n'y a même pas de mot de passe, c'est trop facile. Qui est donc la dernière personne que tu as appelée... Jules c'est ça, je lui envoie tout de suite un message :

Salut les gars, je viens de rentrer ! Vous faites quoi ce soir ?

Je suis sûr que ce bon Jules va répondre au plus vite à une belle femme comme toi.

Le groupe était totalement pris au piège, il n'y avait aucune échappatoire.

— Nous avons la réponse, dit le chef des Italiens en lisant le message à voix haute envoyé par Jules.

Il parla ensuite à ses hommes :

— Mes amis, nous avons plus qu'à nous rendre au restaurant, c'est notre jour de chance. Ils vont tous être réunis, préparez-vous à faire d'une pierre deux coups !

— Que fait-on d'eux ? dit l'un des Italiens.

— Quelques hommes gardent les deux garçons, nous amenons

la fille avec nous !

Enzo regarda Souleyman dans les yeux, celui-ci avait le regard vissé sur le sol.

— On est foutus, qu'est-ce qu'on va bien pouvoir faire ? dit Enzo.

— Nous allons les détruire ! répondit Souleyman, fou de rage.

8
Mardi gras terror

Février 2023. Mercredi, 6 h du matin

— Réveillez-le ! ordonna un homme avec une sorte de bomber jacket indiquant dans son dos FBI.

Un autre homme était assis en face de lui, assis sur une chaise. Celui-ci se prit un grand seau d'eau sur lui.

— Je sais qui vous êtes, mon garçon. Ça fait maintenant quelques semaines qu'on surveille vos activités ! Mais il y a une autre que je ne saisis pas, pourquoi avoir fait ça ? poursuivit l'agent qui avait des airs d'un Sherlock Holmes totalement burlesque.

Les deux hommes eurent des échanges de regard sans échanger un seul mot. L'agent continua la discussion en monologue :

— Toi, Louis, tu commences à avoir un petit empire illégal, ton business rapporte ses fruits, certains de tes amis sont morts pendant vos affaires ce qui arrive la plupart du temps… ? Mais ce que tu as fait, ça surpasse tout, ça ne colle pas !

L'agent se questionnait plus que quiconque sur cette planète. Il était connu dans son service sous le nom de l'Agent Devitt. Il était très extraverti et torturé par ses démons dont l'alcool faisait partie. Son travail était pour lui toute sa vie, il pouvait donner sa vie pour résoudre une enquête. Ce cas était très important pour lui, étant originaire de La Nouvelle-Orléans, le monde voulait savoir qui était l'auteur de cette horreur et lui également.

— Il va falloir que tu te mettes à parler mon garçon sinon ce n'est pas la plus douce des prisons qui t'attend.

— J'ai certaines conditions ! dit Louis.

– Annonce-les, sur un malentendu ça va peut-être passer, dit l'agent.
– Je veux vous aider à attraper ceux qui ont fait ça !
– Tu veux dire que ce n'est pas toi ? dit l'agent Devitt.
– Non, mais je sais exactement qui c'est et je vais vous les amener !

4 jours plus tôt : samedi soir, 21 h
Enzo & Souleyman

— Tu crois qu'on va mourir ici, Souley ?
— Tu veux dire dans un vieil entrepôt pourri ? Je n'espère pas…
— Ce ne sera pas pire que sur ce navire en Italie.

Les deux garçons avaient de l'humour malgré la situation. Ils étaient gardés par deux individus sûrement italiens, comme le reste du groupe. Adèle était partie avec le chef du groupe et d'autres hommes en direction d'un endroit inconnu. Soudain le téléphone d'un des gardes sonna.

— Marco, Marco, retrouvez-nous au restaurant dans le quartier français, c'est un carnage ici, on a besoin de renfort !
— Mais qu'est-ce qu'on fait des garçons ?
— Dépêchez-vous, merde !

Les deux Italiens partirent sans même penser à éliminer Enzo et Souleyman qui restèrent seuls dans cet entrepôt.

— Ils nous ont vraiment laissés seuls là ? dit Enzo.
— Eh bien oui, il faut croire, répondit Souleyman.

Ils employaient un humour nerveux qui n'avait rien de naturel vu les événements, mais c'était le seul moyen de se sortir quelque peu de la réalité. Soudain, Souleyman tomba en arrière. Son crâne cogna contre le sol, sans dommages. La vieille chaise sur laquelle il était assis venait de se casser. Il se releva au plus vite et commença à retirer les liens d'Enzo. Ils étaient enfin libérés.

— Où ont-ils bien pu aller ? dit Enzo.
— Il parlait d'un restaurant, je crois, dans le quartier français, répondit Souleyman.
— Il faudrait déjà qu'on sache où on est !

Ils sortirent de l'entrepôt. L'extérieur était familier, il était au beau milieu du port de La Nouvelle-Orléans, le port Nola. Ils pouvaient se rendre dans le quartier français en une trentaine de minutes en étant rapides. Ils commencèrent à se précipiter en dehors du port, rien ne pouvait les arrêter. Ils se rapprochèrent du quartier français et les rues semblaient étrangement désertes, quelques personnes étaient dehors, comme à la recherche d'informations.

– Il s'est passé quelque chose ? dit Enzo à un homme dans la rue tout en continuant sa course.

– Il y a eu des tirs et des explosions à environ cinq cents mètres d'ici ! répondit l'homme.

Les deux garçons pressèrent encore plus leur course.

– Qu'est-ce qu'on fait une fois sur place ? On n'a même pas d'armes, dit Souleyman.

– On va déjà vérifier s'il reste quelque chose à faire, répondit Enzo.

Ils arrivèrent devant la façade d'un restaurant qui semblait avoir vécu une véritable guerre civile. Des hommes étaient à terre, les flammes commencèrent à se répandre. Les garçons entrèrent dans le restaurant et vérifiaient chaque corps pour peut-être retrouver une connaissance et Adèle. Souleyman s'arrêta quelques instants.

– Tu as trouvé quelque chose ? dit Enzo.

– Je ne suis pas sûr, en fait... répondit-il.

C'était le corps d'Alban qui était maintenant difficilement reconnaissable. Ils continuèrent leur inspection. Tous les corps étaient couverts de sang, les flammes commencèrent à dévaster fortement le restaurant, ils devraient partir très bientôt. De plus, des sirènes de police se faisaient entendre et le bruit sourd d'une collision. Les garçons devaient partir au plus vite ou ils seraient arrêtés. Ils quittèrent le restaurant sans plus attendre. À peine le palier passé, un homme sortit du restaurant pistolet à la main.

– Venez ici ! Vous en voulez encore ! Venez ! dit l'homme.

Il tira plusieurs reprises en direction d'Enzo et Souleyman en les manquant par chance. Cet homme était certainement parmi les corps du restaurant auparavant, il était couvert de sang et chemise déchirée.

— Putain, c'est qui, lui ? dit Souleyman, caché derrière une voiture avec Enzo.

— Je ne sais pas, mais il faut qu'on se casse vite de là, répondit-il.

Les sirènes des voitures de police se rapprochaient. C'était la chance à saisir pour les deux garçons : ils pourraient s'enfuir. L'homme ne se faisait plus entendre, il était rentré à nouveau dans les flammes du restaurant. Malheureusement, il en ressortit presque aussitôt avec une mitrailleuse.

— Oh merde ! s'exclama Enzo.

Mais l'homme visait maintenant les voitures de police.

— Il est totalement malade ce mec ! On se casse ! dit Enzo.

Ils partirent à toute allure de l'autre côté de la rue, laissant l'homme aux mains des policiers.

***

Les deux hommes eurent l'idée de retourner au restaurant de l'oncle Angelo afin de s'y réfugier. Le jour se levait sur La Nouvelle-Orléans et, comme un malheur n'arrive jamais seul, ils retrouvèrent le restaurant de l'oncle Angelo totalement détruit certainement en raison d'une explosion. Enzo et Souleyman ne surent quoi dire, ils étaient remplis de colère et de tristesse. La police et les pompiers semblaient déjà être venus sur les lieux. Ils décidèrent de rentrer à l'intérieur où ils trouvèrent tous leurs souvenirs dévastés.

— On peut savoir qui vous êtes ? dit un homme semblant être un agent du FBI du fait de sa tenue.

— Nous sommes des amis de la famille, vous savez ce qu'il s'est passé ? demanda Souleyman qui mentait légèrement sur leurs statuts.

— Des amis de la famille hein ? Eh bien il y a eu une explosion en fin d'après-midi hier, heureusement le restaurant était en fermeture. Malheureusement, le propriétaire était à la cuisine, il n'a pas survécu...

Les garçons ne savaient quoi dire, leurs regards restaient figés sur l'agent en apprenant cela.

— J'aimerais vous poser quelques questions, pouvez-vous me suivre ? dit l'agent.

Un homme entra dans le restaurant, mitrailleuse à la main, c'était le même que celui sorti du restaurant.

— Oh merde ! dit Souleyman.

Souleyman, Enzo et l'agent trouvèrent refuge en cuisine. Un échange de tir entre l'agent et l'homme suivit.

— C'est qui, ce mec ? dit l'agent.

— On n'en sait rien ! répondit Enzo.

— Vous connaissez un moyen de s'échapper ? demanda l'agent.

— L'issue de secours à l'arrière, dit Souleyman.

Enzo et Souleyman ne voulaient pas tout raconter à l'agent, ils prirent la fuite et laissèrent celui-ci à la merci de l'homme à la mitrailleuse.

— Ce mec, c'est encore un de ces Italiens. Ils n'arrêteront jamais ! dit Souleyman.

— Nous devons trouver une solution ! poursuivit Enzo.

Ils devaient tout d'abord trouver un endroit dans lequel se réfugier afin d'éviter tout soupçon.

— On doit retourner à l'appartement ! dit Enzo.

— Tu es fou, ils vont nous trouver et nous tuer !

— C'est notre seule solution !

— J'ai une idée. Alma et moi, nous avons passé beaucoup de temps à l'appartement et je crois qu'elle a laissé ses clés, nous serons peut-être plus en sécurité à l'appartement d'Alma... dit Souleyman.

— Tu as raison, mais es-tu prêt à supporter de vivre quelque temps dans son appartement ? dit Enzo.

— Nous n'avons pas d'autres choix, mon vieux César... répondit-il par ce surnom qu'il n'avait plus utilisé depuis bien longtemps.

Ils suivirent le plan en se rendant à l'appartement récupérer les clés d'Alma. Ils furent presque surpris de voir qu'il était encore intact. Souleyman entra dans sa chambre, les draps sentaient encore l'odeur d'Alma et il se mit à pleurer de colère, mais il fut stoppé quand le téléphone sonna. Enzo alla répondre.

– Oui, allô ? dit-il d'une voix hésitante.

– Qui les a tués ? Qui a tué mes hommes ? Mes meilleurs amis et frères étaient avec eux alors dites-moi tout de suite qui les a tués ? Je viens d'arriver à Miami, je prends le prochain vol pour La Nouvelle-Orléans dans quelques heures, on se retrouve exactement au même club d'aviation, j'arrive dès ce soir !

– C'est qui ? dit Souleyman.

– C'est Iwan, et je crois qu'il va nous aider à nous en sortir, dit Enzo un sourire nerveux au visage.

Samedi soir 22 h
Louis

Suis-je le seul survivant ? Où est Alban ? Pat est mort ? Adèle ? Jules ? Ma peau brûle. Suis-je encore en vie ?

Louis se trouvait allongé au milieu d'autres corps dans le restaurant. Il essaya de se relever avec beaucoup de mal. Il jeta un regard autour de lui pour se rassurer que personne ne pourrait lui tomber dessus à nouveau. Tout était si calme, tout le monde était mort ? Il entendit des pas rapprochés, tout près de lui. Il décida donc de faire le mort malgré le peu de vie qu'il semblait lui rester. Il essaya d'apercevoir ce qu'il se passait. Deux hommes parcouraient le restaurant et regardaient les corps. L'un d'eux s'arrêta près de lui et posa la main sur le corps à côté. Louis remarqua très vite qu'il s'agissait du corps d'Alban, il essaya de se contenir. Qui étaient ces hommes ? Des renforts des Italiens ? En tout cas, ils étaient forcément impliqués dans l'affaire.

Louis entendit les pas des deux hommes s'éloigner du restaurant. Il profita de la situation pour empoigner un revolver posé près de lui au sol et sortit du restaurant en furie, tirant en direction des deux hommes qui avaient trouvé refuge derrière une voiture. Louis criait, il était fou de rage. Prêt à tout détruire. Il voulait à tout prix avoir la peau des hommes qui avaient causé la mort de ses amis. La vengeance était désormais son seul objectif. Il entendit des sirènes de police arriver, il décida de rentrer à nouveau dans le restaurant en proie aux flammes pour trouver une arme plus lourde et il trouva son bonheur avec la mitraillette de l'un des Italiens. Louis ressortit aussitôt du restaurant. Imaginant les garçons toujours derrière la voiture, il décida de s'occuper des voitures de police en tirant quelques coups sur elles pour l'aider à prendre la fuite. Son allure était proche du moribond, chemise déchirée, corps couvert de sang. Il gardait tout de même son charme et sa coupe parfaite malgré le carnage environnant. Il prit la fuite grâce à la voiture derrière laquelle étaient cachés les deux garçons. Les balles ne l'avaient en rien mis hors service, c'était sans doute la voiture de l'un des Italiens qui étaient présents ce soir-là au restaurant, ils allaient certainement ne plus en avoir besoin.

C'était le jeu du chat et la souris, le jeune homme inspectait toutes les rues à bord de sa voiture. L'obscurité ne l'aidant pas mieux à trouver ses proies. De plus, il devait faire vite, car il serait facilement repérable avec les dommages de la voiture. Il inspectait rue après rue et quartier après quartier. Quand soudain, il vit les deux hommes entrer dans un restaurant, étrangement cet établissement aussi semblait avoir connu des problèmes. Il prit la mitrailleuse qu'il avait laissée tout près de lui, sortit de la voiture et avança d'un pas décidé vers le restaurant ou ce qu'il en restait. À peine le palier passé, il mit en joue les deux hommes et tira, mais ils n'étaient pas seuls. Une autre personne qui était elle aussi armée commença à riposter. Il suivit plusieurs échanges de coups. Puis les individus semblaient s'être volatilisés.

Louis fit des allers-retours dans tout le restaurant afin de vérifier s'ils n'étaient pas encore sur place, mais rien à faire, il devrait trouver un autre plan. Il semblait devenir hystérique, prêt à faire n'importe quoi. Il se demandait bien où il pourrait trouver les informations qui le mèneraient aux deux hommes. Puis il eut l'idée juste d'attendre, les clients habitués se rendraient certainement au restaurant ne le sachant pas détruit. Louis pourrait alors les interroger et récolter de nombreuses informations. Il s'assit sur une chaise les jambes allongées sur une table qui devait servir par le passé, il avait quelques heures à attendre, alors il attendit avec une bonne sieste avant d'être réveillé par une vieille dame.

– Monsieur ! Monsieur ! dit-elle en secouant Louis, tout endormi. Vous en avez un drôle d'accoutrement ! Vous savez où est Angelo et ce qu'il s'est passé au restaurant ? continua-t-elle.

– Justement, je cherche des amis qui travaillaient ici. Deux garçons ! dit Louis, intelligemment, afin de faire parler la dame.

– Vous voulez parler de Souleyman et Enzo ! dit la dame.

— Si, exactement ! Vous savez où je peux les trouver ? continua-t-il.

— Eh bien, je les vois souvent traîner près de Palmyra Street, j'imagine qu'ils sont dans les environs.

Louis partit sans même un merci en direction de la rue indiquée. Il était déterminé à retrouver les garçons qu'il pensait coupables de ce qu'il s'était passé au restaurant. Il remonta dans la vieille voiture. C'était le début de la matinée et il allait devoir faire vite, car la ville allait être remplie de son lot de touristes. Les festivités de Mardi gras allaient débuter mardi, ce n'était pas le meilleur moment pour des actions discrètes. Il allait donc profiter de cela pour interroger quelques personnes, mais il fallait surtout qu'il change de vêtements, portant toujours sa chemise ou ce qu'il en restait, étant couvert de blessures. Il prit la décision de récupérer quelques instants avant de se lancer à nouveau la nuit venue dans la traque des jeunes hommes. Louis avait lié de nombreux contacts en ville, il trouverait une solution pour les trouver malgré la difficulté de la tâche. Il retourna au bar de Pat qui n'était maintenant la propriété de personne, il se doutait que les Italiens viendraient à un moment ou un autre afin de réclamer celui-ci. Il soigna ses blessures et passa la plus grande partie de la journée à l'arrière du bar à passer des coups de fil. L'arrière-salle du bar, cette pièce où il avait l'habitude de se réunir. Il pensait n'être plus que le seul survivant, il se devait d'au moins venger ses amis. Il prit contact avec le patron de l'une des plus grandes agences de taxis de la ville, un ami à lui qui indiqua à tous ses employés de le tenir informé s'ils apercevaient deux garçons ressemblant à Enzo et Souleyman. Louis attendit toute la journée un retour d'appel. Et celui-ci se fit attendre jusqu'à neuf heures du soir. C'était le patron de la compagnie de taxis.

— Tu as trouvé quelque chose ? dit Louis.

— Plus ou moins, des hommes correspondant à la description, c'était un jeune d'une vingtaine d'années, disons à l'allure plutôt italienne, il avait un accent, disons, et il était accompagné d'un autre Italien.

— Ça pourrait être n'importe qui !

— C'est vrai, mais il était avec un Polonais vu son accent et ils avaient l'air plus que pressés, mon gars m'a dit qu'ils fuyaient quelque chose et le dernier était comme Égyptien ou un pays comme ça !

— Et où ont-ils été déposés ?

— Moonwalk Park, ils sont juste sortis du taxi en direction des entrepôts.

Un bruit se fit entendre dans le restaurant. Quelqu'un venait tout juste d'entrer ou bien plusieurs personnes, ce n'était pas clair. Louis raccrocha le téléphone et prit son revolver en main. Il passa sa tête en dehors de la pièce pour pouvoir jeter un œil dans la salle du bar. Il comprit très vite que les Italiens étaient enfin là pour s'emparer du bar. Louis était en infériorité numérique, bloqué dans l'arrière-salle, et il n'avait pas d'autre solution que de courir. Il prit à nouveau discrètement son téléphone afin de tendre un piège aux Italiens en faisant venir la police.

— Je viens de voir des personnes rentrer dans le Black Cat Music Club, ils sont armés ! dit Louis à la police, la réponse de la personne surprit le jeune homme.

— Nous avons été mis au courant, un agent du bureau fédéral d'investigation (FBI) est à la poursuite d'un homme qui est actuellement dans le bar depuis le début de la journée ! dit le policier se doutant fortement que l'homme qu'il avait au bout du fil était aussi celui caché dans le restaurant.

Louis ne sut quoi dire alors que le policier continuait de le narguer.

— Bonne chance avec ces gars qui viennent de rentrer dans le bar !

Louis était pris au dépourvu, il fallait qu'il trouve une solution où il serait éliminé très bientôt. Il reprit son téléphone et composa à nouveau le numéro du patron de la compagnie de taxis.

— Mon ami, j'ai besoin de toi plus que jamais ! Je suis au bar de Pat. Je vais me faire allumer sans solution, dit Louis.

— Mais sérieux, qu'est-ce que tu veux que je fasse ? Je suis taxi moi, c'est tout ! répondit-il.

— Écoute-moi bien, tu appelles ton employé le plus proche du secteur et je veux qu'il fonce tout droit dans le bar !

— Tu n'es pas sérieux ? Et pourquoi je ferais ça pour toi ?

— Écoute, je te promets que je te rachète ce taxi ! continua Louis.

— Non, je veux le dernier modèle, mes taxis commencent à être vieux !

— Tu auras le dernier modèle ! S'il te plaît, dépêche-toi.

— Je peux faire plusieurs choses à la fois, tu sais. Mon gars est déjà en route et d'après sa géolocalisation, tu devrais entendre un boum dans moins de 5 secondes.

Et le bruit se fit entendre. L'agent du FBI qui suivait Louis discrètement depuis leur rencontre dans le restaurant d'Angelo et qui était en planque en dehors du bar se précipita dedans. La voiture avait tapé en plein dans le mille. De nombreuses bouteilles d'alcool étaient brisées au sol et l'essence de la voiture commença à couler. Le chauffeur sortit du bar en courant, tandis que dans l'autre sens l'agent du FBI courait en direction du bar. Il restait encore quelques Italiens que l'agent n'eut pas de mal à éliminer. Louis était toujours à l'arrière du bar. Il avait une idée, il savait qu'un jeu de clés du bar était caché dans le tiroir de la grande table. Il prit les clés en main et se cacha derrière la porte de la salle arrière. Le bar empestait l'essence, tout allait très vite partir en flammes. L'agent du FBI s'approcha prudemment de l'arrière-salle, pistolet en main. Il arriva près de la porte, s'arrêta quelques instants, puis continua d'avancer. Une fois l'agent assez éloigné, Louis sortit discrètement de la pièce et enferma l'agent dans la salle. Il prit la fuite. Louis ne voulait pas voir mourir des innocents, il prit donc la décision de contacter la police et tomba sur la même personne que précédemment.

— Dites à votre cher ami du FBI qu'il y a une clé dans le tiroir caché en bas de la table. Je pense que ça va lui servir, dit Louis narguant à son tour le policier.

Il raccrocha et décida de reporter à demain son objectif de retrouver Enzo et Souleyman ainsi que ce mystérieux Polonais qui pourraient, selon les dernières infos, être au Moonwalk Park. Il devait trouver un nouvel endroit où se rendre et n'avait pas d'autre choix que d'aller à son appartement où il serait probablement repéré. Louis allait devoir faire appel à la plus grande des discrétions pour traquer ses ennemis.

Lundi 13 h
Enzo, Souleyman, Iwan

Enzo et Souleyman étaient réunis avec Iwan.
— Vous avez saisi le plan, les amis ? dit Iwan.
— Tout est clair, oui ! répondit Enzo.
— Il ne va pas se faire avoir une nouvelle fois comme hier soir ! dit Souleyman.
— Ce n'était qu'un détail ! Nous n'entendrons plus parler d'eux dans moins de 48 h.
— Les explosifs sont tous prêts ? continua Iwan.
— Tout est prêt, oui. Nous n'avons plus qu'à commencer à les poser ce soir et demain.
— Il va falloir faire les choses bien, le but est de ne tuer personne, juste de supprimer tous leurs business et propriétés des Italiens !

Iwan avait laissé une vaste famille derrière lui qu'il comptait bien faire arriver sur place une fois cette affaire réglée. Il se voyait bien reprendre le business des Italiens et devenir un homme respecté dans cette ville. Pour venir jusqu'à La Nouvelle-Orléans, Iwan avait dû dépenser la plupart de ses économies faites dans les braquages et autres pillages. Il voulait que les Polonais prennent la place des Italiens, mais pour le moment il était surtout seul avec les deux garçons et un plan précis à exécuter. Ils avaient pu récolter un maximum d'informations concernant les établissements concernés qu'ils allaient falloir détruire en priorité de la façon la plus simple possible. La veille, Enzo et Souleyman allèrent chercher Iwan au club de pilotage. Mais cette fois, ils s'attendaient à avoir la visite des Italiens, ils avaient donc prévenu les membres du club qui étaient prêts à les accueillir. Une confrontation s'ensuivit, les trois hommes durent laisser les hommes en pleine guerre civile. Ils eurent en chemin la chance d'être poursuivis par un seul des Italiens qu'ils finirent par capturer et ils le firent parler comme Iwan savait le faire.

Les bombes artisanales conçues sous la supervision d'Iwan, qui était un expert dans le domaine, étaient prêtes à être installées. Demain étant l'ouverture de Mardi gras à La Nouvelle-Orléans, ils allaient devoir faire preuve de la plus grande prudence pour ne blesser personne, mais ils pouvaient facilement ne pas se faire voir au milieu de tous les touristes. Enzo et Souleyman devraient s'occuper de trois petits clubs, tandis qu'Iwan allait investir le principal qui allait demander le plus de travail. Cette soirée du lundi servit de repos aux trois hommes. Ils doutaient de leurs actions, ne voulant pas blesser des personnes innocentes. Il est vrai que cela allait avoir un impact sur la ville et certainement faire fuir de nombreux touristes qui étaient simplement venus pour s'amuser et certainement se changer les idées.

Les trois hommes ne célébrèrent pas la veille du grand jour. Ils étaient nerveux à l'idée que les événements puissent mal tourner. Enzo et Souleyman dormirent à peine le soleil couché, tandis qu'Iwan resta la plupart de la nuit éveillé, pensant à son plan et le futur qu'il pouvait déjà entrevoir pour lui et toute sa famille restée en Europe. C'était son moment, le plan qui allait changer sa vie et le voir évoluer parmi la société. Il était déterminé à réussir. Sa femme et deux de ses enfants étaient toujours en Europe, deux de ses frères étaient morts dans l'avion quelques jours plus tôt, attaqués par les Italiens. Il ressassait le plan encore et encore, vérifiait de multiples fois le matériel, les bombes, les talkies-walkies qui allaient servir au groupe pour communiquer entre eux. Il n'y avait plus de place pour le doute. Cette mission serait un succès.

Iwan préféra exécuter la partie de sa mission du lendemain seul, car il allait devoir mettre en place le plus complexe des explosifs dans l'un des plus grands établissements de La Nouvelle-Orléans, un club accueillant de nombreuses personnes, faisant toujours salle comble. La détonation devait être programmée à 9 h du matin le mercredi quand tout le monde serait sorti du club, c'était aussi à lui d'actionner la détonation de toutes les autres bombes au même moment. Il s'y rendrait pendant la nuit en accédant au toit par une impasse annexe et suivrait les escaliers de secours, le menant droit aux fondations du bâtiment où il commencerait le travail. Tout était clair maintenant, il pouvait aller se reposer pour les quelques minutes avant le réveil programmé des garçons.

***

Iwan, Enzo et Souleyman étaient prêts. C'était enfin le jour J. Ils allaient ce soir exécuter le plan et détruire l'empire des Italiens à coup d'explosifs avant l'arrivée des renforts plus tard dans la semaine avec la famille d'Iwan. La journée passa vite beaucoup trop vite, c'est toujours pareil quand un événement tant redouté allait survenir, il aurait aimé pouvoir le reporter encore et encore, mais les choses doivent bien arriver un jour ou l'autre. Ils se munirent des talkies-walkies et chargèrent les bombes bien dissimulées dans deux vans qui étaient loués pour l'occasion. Enzo et Souleyman partirent de leur côté, tandis qu'Iwan partit seul. L'heure était venue !

Mardi 10 h du matin
Louis

Louis était pensif et d'une nervosité atteignant ses limites. Il se réfugia dans l'alcool après avoir retrouvé sa meilleure collection de bouteilles de whisky sous son lit dans l'appartement qu'il partageait précédemment avec Jules et Alban, et parfois Adèle, quand elle daignait être présente. Il avait repris ses vieilles habitudes d'adolescence et consomma de la drogue afin de réduire son stress pour un temps. Il se sentit invincible. Il comptait bien chasser le reste de ces gangsters italiens de la ville, simplement les anéantir l'un après l'autre. Jules gardait encore un certain pouvoir en ville, bien que le bar de Pat servant par le passé de quartier général ait été détruit et que la plupart des contacts qu'il avait le pensaient mort. Ils avaient certainement déjà lié de nouveaux partenariats et, peut-être même avec certains de ses concurrents. Il se retrouvait seul, livré à lui-même avec rien à perdre et il allait donc s'accorder la liberté de tout détruire. La vengeance de ses amis n'était plus que son seul objectif. Il savait qu'une soirée aurait lieu à l'un des plus grands clubs de la ville et celui-ci était justement tenu par des Italiens. Il avait une idée en tête : s'infiltrer à l'intérieur et repérer ses futures proies. Il ne comptait pas les tuer ce soir-là, ce serait trop risqué avec la foule, mais il pourrait faire ami-ami avec certains d'entre eux qui ne le reconnaîtraient certainement pas à cause de son visage tuméfié par l'attaque du restaurant. Il devait juste trouver un moyen de faire entrer une arme au cas où les choses tourneraient mal. L'idée était simple, passer par le toit du club. Il y avait forcément un accès par l'extérieur pour se rendre à l'intérieur.

Le soir venu, Louis était prêt. Il marcha jusqu'au club situé non loin de son appartement. Il avait bu toute l'après-midi afin de trouver le courage de se plier à toute situation. Sur place, une foule était attroupée devant, attendant le moment de pouvoir entrer. Des vigiles taillés comme des armoires à glace étaient présents devant. Louis observa les alentours et vit une rue proche du club semblant être une impasse. Il pensait peut-être pouvoir y trouver un accès au toit pour ensuite se rendre directement à l'intérieur du club et commencer sa mission d'espionnage. Il arriva dans l'impasse, tout était très sombre et l'alcool qu'il avait dans le sang ne l'aidait pas. Il trouva néanmoins une sorte d'échelle d'accès pour se rendre directement sur le toit. Une fois en haut, Louis douta de lui-même, il se mit assis en bordure du toit, comme pris de tendance suicidaire. Le regard fixé au sol qui était à plusieurs mètres plus bas. Il se demanda si ça en valait vraiment la peine. L'homme qui était, dans sa jeunesse, un orphelin était redevenu ainsi en pensant avoir perdu tous ses amis. Puis il revit les visages de Jules, Alban, Adèle, Pat et toutes les personnes qui avaient compté pour lui. Il fallait que quelqu'un paie pour eux.

Louis se releva et marcha vers une sorte de trappe menant très certainement aux conduits d'aération du bâtiment. Il passerait par là pour se rendre à l'intérieur même du club. Il continua de progresser dans ce conduit pendant bien une dizaine de minutes, s'assurant de descendre à un endroit où il n'y aurait personne. Après quelques minutes, il trouva le lieu semblant idéal. Cela semblait être les fondations du bâtiment. Il marcha sereinement vers ce qu'il pensait être l'accès à la salle principale du club quand il entendit un bruit venant d'une pièce, une sorte de buanderie. Il ouvrit la porte discrètement, espérant peut-être trouver par chance l'un de ces Italiens éloigné du reste du groupe qu'il pourrait faire parler sans même être dérangé par qui ce soit. Mais ce qu'il trouva était bien différent, un homme était agenouillé, semblant bricoler quelque chose. Il ne comprit pas la situation et dégaina doucement son pistolet en direction du visage de l'homme. Ce dernier ne le vit pas, il lui tournait le dos et il était en pleine discussion avec un talkie-walkie en main :

— La dernière bombe est posée et prête à faire sauter ses salauds, fit l'homme.

Le pistolet de Louis se posa sur la tempe de l'individu.

— Arrête tout de suite ce que tu fais où tu vivras tes dernières secondes dans cette pièce, dit Louis.

— Je ne peux pas ! dit l'homme d'un accent polonais.

— Ce n'était pas une question, pose tout de suite ce que tu as en main ou je te colle une balle dans la tête !

— Si je lâche, ce sera une catastrophe, mon ami ! Un individu parlait au talkie-walkie :

— Iwan, Iwan tu me reçois ? C'est bon pour nous aussi !

Bien sûr l'homme ne pouvait pas répondre sous peine de se faire tirer dessus, la voix dans le talkie-walkie continua :

— Iwan, Enzo a fini le travail, tu m'entends ?

Louis connaissait ce nom d'Enzo, c'était justement l'un des hommes qu'il traquait.

— Lâche tout ce que tu fais ! Tout de suite ! C'est la dernière fois que je te laisse une chance de réfléchir ! dit Louis.

Soudain, l'homme qui était agenouillé se retourna d'un vif mouvement. Il avait un couteau en main et il asséna un coup dans le ventre de Louis. Le garçon répliqua par un tir de pistolet en plein dans la tête de l'homme. Il ne réalisa pas ce qu'il venait de faire, bien qu'il ne soit pas triste pour l'homme, car il ne le connaissait guère. De plus, il pensait qu'il était l'un de ses ennemis. Cependant, Louis comprit que l'homme faisait pression sur quelque chose pour installer la bombe sans l'actionner pour autant. En le voyant tomber au sol, Louis se pressa pour rattraper l'objet et empêcher la détonation, mais il était trop tard. Louis se retrouva au sol avec l'homme et une énorme explosion se fit entendre. C'était un carnage, le club était rempli ce soir. Louis était sous le choc, toutes les personnes qu'il avait vu attendre dehors étaient sans doute mortes maintenant dans l'explosion, le jeune homme devait réfléchir vite. Les bruits d'explosion se répétaient au-dessus de lui, le bâtiment n'allait pas tarder à s'effondrer. L'homme qu'il a abattu avait sûrement dû placer des explosifs aux quatre coins du club. Qu'en était-il de la bombe située juste à trois mètres de lui ? Il fallait qu'il coure sans attendre en direction d'une sortie. Une issue de secours était située non loin de là. La blessure causée par le coup de couteau l'empêchait d'avancer vite, il gardait sa main posée sur son torse pour empêcher le sang de couler. La porte de secours lui faisait face, il ne lui restait plus qu'à sortir du bâtiment. Malheureusement, un homme l'attendait derrière cette porte. Le fameux agent du FBI qu'il avait croisé dans le restaurant d'Angelo.

— À terre ! J'ai dit à terre ! Je t'ai enfin eu !

9
Havana affair

2 ans plus tard
Mai 2025

Cuba offrait son lot d'opportunités aux personnes sachant les saisir. La politique changeante avait fait évoluer les règles sur place. Les casinos étaient désormais légaux. Une armée de touristes occupait l'île toute l'année. De nouvelles stations balnéaires et de nouveaux hôtels étaient créés chaque jour. L'île était devenue le nouvel Ibiza des célébrités.

Deux garçons, Enzo et Souleyman, avaient profité de cette occasion pour réussir en affaires. Une année plus tôt, ils avaient fait la rencontre d'un homme russe, alors qu'ils étaient en exil à Cuba à la suite des problèmes qu'ils auraient eus à La Nouvelle-Orléans. Cependant, ils ne mentionnaient jamais ce passage de leur vie. Ils avaient fui cette ville après l'échec de leur plan qui n'était qu'un demi-échec, les établissements des Italiens avaient bel et bien été détruits, mais des centaines de personnes avaient également perdu la vie. Les garçons n'avaient pu que fuir face à une telle catastrophe et laisser leur ami Iwan mort dans les décombres, sans qu'ils ne soient au courant de la visite de Louis et de son implication dans les événements. Où pouvait-il bien être, d'ailleurs, aujourd'hui, ce jeune homme qui les poursuivait ? Et qu'était devenu le business des Italiens après leur départ ?

Le Russe prit Enzo et Souleyman sous son aile. Ils partageaient à eux trois un empire immobilier, hôtelier et l'un des plus prestigieux casinos de l'île. C'était le Russe qui avait fondé la plupart de ces établissements, mais il n'était pas vraiment doué pour s'en occuper. Il confia donc la tâche aux garçons et ils excellaient dans ce domaine, commençant même à oublier leur passé. Ils passaient la majorité de leurs temps en réunions d'affaires et en soirée où se mêlaient drogue et alcool. L'argent se comptait par dizaines de milliers pesos chaque jour et de nouvelles filles se trouvaient dans leurs lits chaque soir.

Ce soir-là, ils se dirigeaient vers une soirée caritative qui avait surtout pour but de faire connaissance avec de nouveaux partenaires et possibles clients. L'argent serait reversé aux victimes du dernier ouragan ayant touché le golfe du Mexique. Les invités et hôtes étaient sur leur trente-et-un, l'argent versé à cette soirée n'était rien comparé à la somme présente sur le ou les comptes bancaires des convives. Enzo accepta chaque verre qu'on pouvait lui proposer, son ivresse et sa fâcheuse tendance à vouloir séduire tout le monde étaient les signes malheureux d'une profonde tristesse. Il avait vécu le début d'une grande histoire avec Adèle, sa vie au restaurant d'Angelo était simple certes, mais c'était ce dont il avait toujours rêvé. Tout était parti en fumée en seulement quelques jours et il en était également de même pour Souleyman qui n'avait plus aucun espoir en une vie paradisiaque, bien que leur routine quotidienne puisse faire penser le contraire. Les affaires étaient devenues leur routine.

Souleyman était en pleine discussion très formelle avec un groupe d'individus mieux habillés les uns que les autres. Un homme se joignit au groupe et s'adressa à lui :

– Il n'y a pas à dire, vous savez recevoir vos hôtes !

Il connaissait cet homme ou du moins l'avait déjà vu il y a longtemps. Il ne sut quoi répondre mis à part un remerciement poli.

– Et à qui avons-nous l'honneur ? dit l'un des hommes du groupe, sauvant la solitude de Souleyman.

– Ah oui, je vous ai déjà vu du côté de Miami, vous faites partie de cette fameuse et trop bien connue famille italienne de La

Nouvelle-Orléans ! s'exclama un autre homme.

Souleyman resta bouche bée : en face de lui se tenait l'Italien qui l'avait torturé quelques années plus tôt et qui était sans doute derrière l'orchestration de la mort d'Alma, mais aussi d'Adèle qu'il pensait morte lors cette même soirée. Il ne sut comment réagir, mais garda sa prestance naturelle en déclarant :

— Je suis désolé messieurs, mais je vais me diriger vers les amuse-bouche !

Il se dirigea plutôt en dehors de la salle de la réception pour passer un appel à Enzo, ne sachant pas où était le garçon. Il tomba sur sa messagerie, essayant encore et encore de le joindre. Souleyman prit la décision de partir à sa recherche dans tout le bâtiment ce qui n'était pas chose aisée. L'hôtel et casino New Havana avait pas moins d'un millier de chambres, une grande salle de jeu et trois piscines. C'était un petit paradis en béton. Pour les hôtes invités à la réception, un étage complet de l'établissement avait était réservé.

Souleyman ne savait pas ce que cet Italien faisait ici. Voulait-il se venger ? Après tout ce serait plutôt logique, les garçons avaient fui La Nouvelle-Orléans après les explosions de la plupart des clubs et autres biens immobiliers des Italiens. Que voulait-il alors cet homme et où se trouvait Enzo actuellement ? Souleyman ordonna aux personnels de l'hôtel de vérifier chaque recoin de l'établissement. Il entra dans une suite de l'hôtel qui donnait sur le grand parc et il aperçut avec stupeur la voiture d'Enzo faire des tours dans le parc, accompagné de plusieurs filles à son bord. Enzo n'avait aucune idée de ce qu'il se passait à la réception.

Souleyman descendit les sept étages de l'hôtel, dévalant les escaliers à une vitesse record. Il arriva au parc. La voiture d'Enzo arrivait vers lui sans même l'apercevoir, il était trop saoul et occupé à plaire aux filles l'accompagnant. Souleyman ne bougea pas, comme par provocation, alors que la voiture s'approchait de plus en plus du jeune homme. Enzo vit son ami quasiment au dernier instant et serra fort le frein à main pour l'éviter de justesse par une manœuvre digne d'un pilote. Les bouteilles de champagne remplissant la voiture avaient perdu tout leur contenu dans la voiture. Enzo sortit, furieux.

   – Mais qu'est-ce qui te prend ? Tu es fou ! J'ai failli de tuer ! s'époumona-t-il.

   – Pendant que tu fais le fou ici, il y a cet enfoiré d'Italien à l'intérieur du bâtiment ! répondit Souleyman, fou de rage.

   – Mais de quel Italien parles-tu ?

   – Les Italiens, La Nouvelle-Orléans, Adèle, Alma et même ton oncle Angelo ! Tu as oublié tout ça ? continua Souleyman, furieux.

Le visage d'Enzo changea tel un homme bipolaire passant de l'euphorie festive à l'incompréhension, puis à la détermination de trouver cet homme et de s'occuper de lui. Le jeune homme se dirigea d'une extrême détermination vers l'entrée de l'hôtel afin de rejoindre la réception et ce fameux Italien. Souleyman réfléchit quelques instants, son visage fiché au sol, puis il cria vers le jeune homme :

   – Enzo ! N'y va pas ! Nous allons créer un scandale quoi qu'il arrive à l'intérieur !

   – Alors tu as changé d'avis ? Tu ne veux plus t'occuper de cet homme qui, comme tu me l'as bien rappelé, a tué la plupart de nos proches ? dit Enzo, prenant de haut Souleyman.

   – Nous devons être plus malins et ne pas nous faire remarquer maintenant ! continua Souleyman.

Soudain, la silhouette corpulente d'un homme arriva vers les jeunes hommes. C'était le Russe.

   – Les garçons, les garçons, je vous entends depuis l'intérieur de l'hôtel, qu'y a-t-il, voyons ?

   – Tu savais pour cet Italien ? Est-ce que tu savais qu'il était sur la liste des invités ? dit Enzo plus que furieux.

   – Je vois. Venez donc à l'intérieur, je vais vous expliquer tout ça dans ma suite autour d'un bon cigare !

Les garçons suivirent le Russe à l'intérieur de l'hôtel où, par chance, ils ne croisèrent pas l'Italien. Ils empruntèrent l'ascenseur jusqu'au cinquième étage pour arriver dans l'une des suites les plus somptueuses de l'hôtel. Le Russe alluma son cigare et se tenait assis dans un fauteuil, tandis que les garçons restèrent debout. Ils n'envisageaient pas de se calmer pour le moment. Enzo descendit un grand verre de whisky, puis un autre.

— J'espère que tu as un plan en tête ! dit Enzo en direction du Russe.

— Le plan est simple les garçons ! La paix ! répondit-il.

— Qu'entends-tu par là ? Et à quelles conditions ? continua Souleyman.

— Eh bien nous sommes maintenant une vraie entreprise et en tant que telle on va devoir créer des partenariats, à commencer par les Italiens de La Nouvelle-Orléans, mais aussi des Polonais à Miami et par un homme intéressant de l'île de Sainte-Lucie ! Nous allons nous partager le business de la façon la plus propre possible.

— Et comment sais-tu qu'ils accepteront tous ? questionna encore Souleyman.

— Nous maintiendrons notre amitié par de grandioses réunions comme celle-ci et deux-trois pots-de-vin !

Les garçons étaient perplexes, mais le plan pouvait fonctionner. Après tout, ils n'avaient rien à redire contre la paix.

— Et que devons-nous faire, maintenant ? dit Enzo.

— Toi, Souleyman, tu es attendu dans deux jours à La Nouvelle-Orléans, tandis que toi, Enzo, tu vas à la rencontre de cet homme à Sainte-Lucie qui se fait appeler le marchand. Un type bien, apparemment, qui fait simplement de l'import-export. Il pourra nous rendre invisibles lors des contrôles de douanes.

— Je vois que tu as déjà tout prévu ! J'espère que ça fonctionnera, nous allons prendre des risques pour toi ! dit Enzo, tout en sortant de la suite avec Souleyman.

— Arrêtez donc d'avoir peur et profitez de la soirée ! répondit-il.

Le Russe se rendit vers la porte afin de vérifier que les garçons étaient bien partis, puis il retourna dans son fauteuil et prit le téléphone fixe à la main. Il appela un numéro à La Nouvelle-Orléans.

– Tu as des bonnes nouvelles, j'espère ? dit un homme au téléphone.

– Le plan fonctionne comme prévu, ils marchent en plein dedans.

– Je savais que je pouvais compter sur toi et ça depuis toujours même quand on était en France !

– Arrête, tu vas me faire pleurer ! dit le Russe ironiquement.

– Quelle est la suite maintenant ? questionna l'homme.

– La suite... le jeune Souleyman part dans deux jours pour La Nouvelle-Orléans où tu vas lui réserver un accueil digne de lui grâce aux Italiens qui vont l'attendre. Pour l'autre, Enzo, il part pour Sainte-Lucie nouer des contacts, on s'occupera de lui à son retour également, et tu connais la suite...

L'homme que le Russe avait au téléphone était Louis avec qui il avait toujours gardé des liens. Quand Louis apprit que le Russe avait pris résidence à Cuba, il décida de le contacter. Dans le même temps, Louis était toujours sous la supervision de l'agent Devitt qui lui avait indiqué avoir peut-être retrouvé la piste d'Enzo et Souleyman à Cuba. Ils avaient décidé ensemble de monter un plan visant à éliminer les garçons tout en leur laissant faire le travail avant d'en récolter les fruits. Ce plan machiavélique semblait parfait, Enzo et Souleyman ne se doutaient de rien. Ils allaient être envoyés droit vers la mort. Souleyman devait partir le premier de La Havane vers La Nouvelle-Orléans. Il serait suivi quelques heures plus tard par Enzo qui allait se rendre à Sainte-Lucie pour rencontrer cette fameuse personne afin de se faire des contacts. Louis pouvait faire d'une pierre deux coups en éliminant les Italiens d'un côté et Enzo et Souleyman de l'autre, qu'il pensait tous liés à l'assassinat de ses amis. Louis avait tout prévu, même de trahir son nouveau partenaire, l'agent Devitt, qui serait un obstacle dans son accès au pouvoir. Il ne resterait, au final, plus que lui et le Russe et un empire des affaires à gouverner.

Souleyman
Mardi 8 h du matin

Le départ pour La Nouvelle-Orléans était proche. Souleyman s'était assuré d'avoir quelques hommes de main avec lui dans le cas où l'accueil serait musclé, même si le Russe semblait avoir tout arrangé. Il y avait deux avions d'affaires, l'un attendant Souleyman et l'autre, pour Enzo, qui partirait un peu plus tard dans la matinée. Le temps était idéal pour voler. Enzo se sentait privilégié d'aller à Sainte-Lucie plutôt que de retourner à La Nouvelle-Orléans où ils avaient laissé plus que de mauvais souvenirs. Le moment de se séparer, bien que temporairement, était arrivé.

— On se revoit vite, mon vieux ! dit Enzo.

— Ouais, c'est ça ! répondit Souleyman.

— C'est bon, tout va bien se passer ! Les problèmes sont derrière nous maintenant, tu fais juste acte de présence et garde le sourire pour nos nouveaux partenaires italiens et n'oublie pas de leur passer le bonjour de ma part ! continua Enzo.

— Tu ne perds jamais espoir, toi ! dit Souleyman en souriant.

— Bon courage, mon vieux ! reprit sérieusement Enzo.

— Bon courage à toi aussi et profite de la plage pour moi ! conclut Souleyman, tout en se dirigeant vers l'avion.

Enzo resta sur la piste et regarda l'avion partir, non sans crainte.

— On se revoit vite, mon vieux, on se revoit vite... dit Enzo dans le vide.

Souleyman garda un air sérieux pendant tout le trajet. Il ne manqua pas de rappeler près d'une dizaine de fois à ses hommes le plan à suivre en cas de trahison. Il se méfiait des Italiens et de leurs sens des affaires. Malheureusement, Souleyman ne se rendait pas compte du plan beaucoup plus complexe mis en place par le Russe ni que les Italiens étaient, cette fois-ci, de bonne foi. Le jeune homme n'était pas pressé d'arriver, mais l'atterrissage semblait de plus en plus imminent. Il ne savait pas comment il réagirait en revoyant ces hommes qui avaient tué ses amis quelques années plus tôt. Pourrait-il au moins leur adresser la parole et échanger une poignée de main sans vouloir leur casser la figure ? Il devait garder son sang-froid et pallier tous les scénarios possibles. L'avion entamait son atterrissage, c'était une merveilleuse journée. Souleyman ne cessait de regarder par le hublot pour surveiller le moindre mouvement, pensant que les hommes l'attendraient probablement près de la piste.

— Messieurs, préparez-vous ! Nous devons nous attendre à toute éventualité ! répéta-t-il peut-être encore pour la quinzième fois, laissant transparaître sa peur.

L'avion atterrit enfin et, à sa grande surprise, il n'y avait personne qui les attendait.

— Ils doivent sûrement être en retard ! dit l'un des hommes.

— En retard ? Je ne suis pas sûr ! Qui serait en retard pour conclure un tel contrat ? dit un autre homme.

Un pick-up arriva et se gara près de l'avion. Les fenêtres du véhicule étaient fumées, mais on apercevait tout de même clairement deux silhouettes dedans.

— Eh bien ils auraient peut-être dû venir à plusieurs, c'est à croire qu'ils ont vraiment confiance ! dit Souleyman sachant qu'il était avec trois hommes de main dans l'avion.

L'un des hommes de l'avion qui n'avait rien dit depuis le début du trajet se mit à parler :

— Vous avez peur, Monsieur ?

— Peur ? Peut-être que oui avant, mais maintenant que je vois ces deux hommes dehors je suis rassuré ! répondit Souleyman.

— Vous ne devriez pas, mon ami, vous ne devriez pas !

Le soi-disant homme de main sortit une arme et tira sur les deux autres hommes qui étaient supposés être ses collègues. Souleyman tenta de s'emparer d'un revolver, mais il fut vite stoppé par un lancer de couteau atteignant sa main. Pris par l'adrénaline de l'action, Souleyman parvint à enlever le couteau et fuit à l'avant de l'avion où il s'enferma avec le pilote dans la cabine.

– Que se passe-t-il ? s'inquiéta le pilote.
– Je ne sais pas, il y avait un traître dans l'avion !
– Est-ce que je peux décoller ? Vous l'avez eu ?
– Non, il est toujours à l'arrière !
– Merde ! Je viens d'avoir un enfant, je ne veux pas finir ma vie ici ! s'exclama le pilote.
– Vous allez vous en sortir ! Je vous le promets, démarrez l'avion, nous repartons tout de suite ! dit Souleyman, se voulant rassurant.

Il le regarda s'exécuter et continua de lui parler :
– Vous vivez avec votre famille à Cuba ?
– Non, je suis de Houston, on m'a proposé de faire ce vol pour un bon paquet d'argent. De quoi satisfaire ma famille pendant quelques mois, je n'avais aucune idée de ce plan, moi ! dit le pilote, visiblement paniqué.
– Il vous reste encore assez d'essence pour aller jusqu'à Houston ?
– Eh bien, oui, je crois !
– Très bien, alors vous allez m'écouter. Vous décollez plein gaz, je vais les retenir ici !
– Mais ils vont vous tuer !
– Je n'ai rien à y perdre. L'important, c'est que vous retrouviez votre enfant ! Allez foncez, maintenant ! dit une dernière fois Souleyman.

Souleyman essaya d'appeler en urgence Enzo pour le prévenir, mais le jeune homme ne répondait pas alors il lui laissa un message.

Il ouvrit la porte de la cabine et se jeta de tout son poids sur son assaillant. S'en suivirent des échanges de coups violents. L'assassin se trouvait juste devant la porte ouverte de l'avion et, dans un élan courageux, Souleyman courut vers lui. Ils tombèrent tous les deux de l'avion de plusieurs mètres. La douleur qui étreignit Souleyman lui fit comprendre qu'il venait certainement de se casser un os.

Les deux hommes présents dans le pick-up sortirent enfin. L'un d'eux avait un pistolet en main. Souleyman était à terre avec l'impossibilité de bouger ni de voir convenablement. C'était un homme sans défense. L'avion partit au loin sauvant le pilote d'une mort probable.

— On va devoir trouver un autre avion, vérifie s'ils sont encore en vie ! dit l'un des hommes s'approchant, soucieux de la santé de Souleyman et du traître.

— Nous devons d'abord interroger ce gars ! dit l'autre en parlant de Souleyman.

L'un des deux hommes semblait être un agent du FBI, du fait de son uniforme. Souleyman réfléchit. Il connaissait ces hommes, il avait fait leur rencontre à La Nouvelle-Orléans par le passé. Louis et l'agent Devitt travaillaient maintenant ensemble pour déjouer le business des Italiens, dont Enzo et Souleyman faisaient plus ou moins partie désormais. Louis jouait de son côté à un jeu dangereux en manipulant l'agent du FBI. Il pouvait l'aider à traquer les malfrats, tout en sachant qu'il avait la promesse du Russe de reprendre son empire dans moins de quelques jours. Louis avait donc prévu d'éliminer tout le monde autour de lui et surtout ceux liés aux business des Italiens concernant l'assassinat de Jules, Adèle...

— J'appelle le bureau pour ce qui est de l'avion. Prépare le gars pour l'interrogatoire, une ambulance est en chemin pour notre homme ! dit l'agent Devitt.

Louis et l'agent Devitt avaient traqué les Italiens jusqu'au supposé meeting avec Souleyman à l'aéroport. L'agent du FBI ne savait pas que Louis était informé par le Russe de chaque mouvement. Devitt était de bonne foi et pensait faire le bien en arrêtant des criminels. Les actions menées par ces hommes pouvaient conduire à une vraie guerre civile, brouillant les pistes entre alliance et trahison. Que penseraient les Italiens de la confiance du Russe et les autres clans qu'il voulait rassembler ? L'information allait bientôt se répandre. Le nouvel avion était prêt, Souleyman agonisant allait retourner plus vite qu'il ne le pensait en direction de Cuba.

Enzo
Mardi 11 h du matin

Enzo était toujours à Cuba, attendant encore pendant quelques heures son avion après le départ de son ami Souleyman. Il s'inquiétait pour lui, tout en sachant qu'il ferait un bon travail. De son côté, son petit séjour semblait paradisiaque et l'homme qu'il devait rencontrer était, selon les rumeurs, des plus serviables. C'était un nouveau dans le business qui cherchait seulement un moyen de bien investir son argent dans des affaires légales. Si le Russe ne s'intéressait pas véritablement à lui, c'était sans doute justement parce qu'il ne versait pas dans l'illégalité.

L'avion arriva enfin à l'aéroport, Enzo prit la décision de s'y rendre seul, sans hommes de main l'accompagnant de tous les côtés. Il y avait quelques heures de trajet qu'il passerait à se détendre avec les quelques bouteilles présentes à bord. Les paysages étaient magnifiques. Le vol n'allait durer que quelques heures. Étonnamment, le jeune homme n'avait reçu aucune consigne pour ce voyage d'affaires, comme si le Russe voulait l'éloigner de Cuba pour quelque temps et cela fonctionnait.

L'avion atterrit à un petit aéroport sur l'île. Un taxi attendait Enzo à la sortie de celui-ci.

– Bonjour, je viens voir monsieur…

– Je sais qui vous venez voir, petit chanceux, le coupa le chauffeur du taxi.

– Pourquoi « chanceux » ?

– L'homme que vous allez rencontrer est très respecté ici. C'est un homme bon, vous lui passerez le bonjour de ma part !

– Très bien, je le ferai ! Et tout le monde l'appelle « le marchand », ici, ou il a un autre nom ?

– Ah, vous me faites rire ! Seuls les étrangers l'appellent « le marchand ». Les locaux le connaissent comme Monsieur Baroni ou Jules de son prénom.

– Merci de l'info, dit Enzo.

Le taxi arriva enfin à un hôtel où dormirait le jeune homme. Il y déposa ses affaires avant d'aller faire la rencontre de ce fameux monsieur Jules Baroni. Une fois arrivé, il entra dans l'établissement et chercha un peu partout du regard en essayant de trouver son téléphone pour contacter l'homme, se rendant compte au passage qu'il l'avait complètement oublié dans l'avion.

— C'est moi que vous cherchez, je présume ? dit un homme dans son dos.

— Monsieur Baroni ? Jules Baroni ? demanda Enzo.

— Vous connaissez mon nom ? rétorqua l'homme en souriant.

— Le chauffeur de taxi me l'a indiqué, à vrai dire, il m'a aussi dit de vous passer le bonjour.

— Très bien, allons au restaurant de l'hôtel si vous le voulez bien. J'ai réservé une table, vous allez goûter à l'une des meilleures cuisines de l'île je vous l'assure !

Enzo ne pouvait pas rêver mieux comme voyage d'affaires, il était reçu de la meilleure façon qu'il soit par Jules qui lui fit goûter les spécialités culinaires et les meilleurs rhums des environs.

— Alors, les affaires sont bonnes pour vous ici ? questionna Enzo, voulant ajouter un peu de sérieux à la conversation.

— Eh bien oui, tout va pour le mieux et c'est pour ça que j'ai fait appel à vos services. C'est toujours bon d'avoir des partenaires qui semblent dignes de confiance. Les choses commencent à tourner en votre faveur et, de plus, je dois m'assurer une stabilité, ma famille s'agrandit !

— Ah, vous attendez un enfant ?

— Il est déjà arrivé à vrai dire. Il y a quelques mois de cela. Je compte bien veiller à son éducation maintenant et ma femme ne veut pas ou plus me voir prendre de risques.

— Eh bien dites-moi, je vous envie ! J'aimerais avoir votre vie !

— Vous l'aurez peut-être un jour qui sait, ça ne tient pas à grand-chose tout ça ! répondit Jules.

Les deux hommes s'entendaient pour le mieux, ils restèrent une bonne partie de l'après-midi au restaurant, puis à son bar avant de marcher un peu sur la plage afin de continuer la conversation.

— Alors, comment se passe la vie à Cuba ? demanda Jules.

— Pour le mieux, pour le mieux. L'île devient de plus en plus lucrative. Je me ferai un plaisir de vous accueillir sur place !

— C'est très gentil, mais ma femme n'aime pas que je m'éloigne. Je n'y manquerai pas si l'occasion se présente.

— Vous avez un gros accent ! dit Enzo trouvant l'homme de son âge en face de lui des plus intéressants.

— Oui en effet et vous aussi d'ailleurs, je suis français, ma femme aussi d'ailleurs. Et vous ?

— Italien pour ma part. J'ai connu une Française il y a quelques années, une fille magnifique ! dit Enzo, bien mélancolique.

— Eh bien mon vieux, il y a beaucoup de Françaises dans les parages, n'hésitez pas à nous rendre visite, je vous présenterai certaines de nos amies !

— Avec plaisir, je vais malheureusement devoir partir, j'ai totalement oublié mon portable dans l'avion. Mon associé aura sûrement voulu me contacter et mon retour n'est plus que dans une heure. Je dois faire vite. Voici ma carte, contactez-moi quand vous voulez, ce sera un plaisir de vous revoir !

L'entente entre les deux nouveaux partenaires était hors de toutes attentes. Une véritable amitié venait peut-être de se nouer. Enzo repartit à l'aéroport à bord d'un taxi juste à temps pour rejoindre l'avion privé l'attendant depuis son arrivée. Il s'installa, heureux et fatigué de la journée qu'il venait de passer. Il ne manqua pas de vérifier son téléphone avant de s'endormir. Il contenait trois messages vocaux de Souleyman. Enzo fut pris d'inquiétude. Il ouvrit le dernier message :

« Enzo, je pense que quelqu'un nous a trahis ! Je ne sais pas quoi faire ! Ne retourne pas à Cuba, c'est sûrement un piège ! Un homme était dans l'avion pour m'éliminer ! Ne retourne pas à Cuba ! Mon vieux, je vais sûrement mourir ici. Je t'aime, mon ami ! »

Le message continua et le bruit du portable tombant à terre se fit entendre, suivi d'un hurlement, puis plus rien. L'avion d'Enzo décolla en direction de Cuba, le jeune n'avait pas eu le temps de prévenir le pilote des événements. Qu'allait-il advenir de lui ? Et où était Souleyman ?

10
Dortoir 26

2 ans plus tôt
Nouvelle-Orléans

Jules courait à toute vitesse, lancé dans une course effrénée.
— Il ne faut pas s'arrêter, il ne faut pas s'arrêter !
C'était un vrai carnage en ville : une guerre civile avait éclaté avec, d'un côté des Italiens, et de l'autre, les forces de l'ordre, plus quelques gangs et pilleurs profitant de l'occasion. Le restaurant où il avait dîné avec ses amis quelques heures auparavant ne devait n'être plus maintenant qu'un tas de cendres. Ses amis s'étaient battus pour leur laisser une chance, à lui et Adèle, de s'enfuir et il avait saisi l'occasion. Jules portait Adèle sur son dos. Le trajet vers le port lui paraissait interminable. Les autorités avaient ordonné à la population de rester enfermée jusqu'à nouvel ordre. Avant de mourir, Pat avait murmuré à Jules où il pourrait trouver le bateau, c'était le dernier recours pour le jeune homme. Personne ne l'aidait ici, tous ses amis étaient morts, mis à part Adèle. Qu'allaient-ils trouver au port ? Ce bateau existait-il vraiment ? La police serait peut-être là à les attendre !

Jules ne réfléchit pas une seule seconde et fonça droit vers les quais. Les dockers assuraient les chargements des bateaux. Il aperçut un homme proche d'un conteneur qui semblait d'ailleurs être rempli d'argent. Jules ne se posa guère de questions, il voulait juste monter dans ce foutu bateau.
— Je cherche un bateau ! Vous avez où je peux le trouver ? demanda Jules, à bout de souffle et salement amoché. Il portait une

Adèle évanouie.

– Mais vous êtes qui, vous ? Et il y a plein de bateaux ici ! répondit l'ouvrier.

– On m'a parlé d'un bateau, certainement un bateau clandestin partant de ce port !

L'ouvrier faisait mine de ne pas comprendre.

– Je ne vois vraiment pas de quoi vous parlez, désolé jeune homme et allez plutôt à l'hôpital au plus vite !

Jules se mit presque à pleurer de colère.

– Je vous dis qu'il y a un bateau et c'est certainement dans celui-ci que vous allez mettre ce conteneur rempli d'argent !

– Qui vous a parlé de ce bateau ? Répondez-moi ou vous allez repartir aussi vite que vous êtes venus, je vous l'assure !

– C'est Pat, un Irlandais, le propriétaire du Black Cat dans le quartier français !

– Ce vieux Pat, vous dites ? Eh bien… vous trouverez le bateau sur le quai numéro 13. S'il arrive le moindre problème, je mettrai ça sur le compte du vieil Irlandais !

Malheureusement, le docker ne savait pas que Pat était mort. Jules continua sa course en direction du quai numéro 13. Il tomba nez à nez avec un bateau de chargement ne semblant pas être aménagé pour recevoir des passagers. Pourtant, des individus montèrent dedans. Ils semblaient tous plus perdus les uns que les autres. Jules suivit le mouvement, portant toujours Adèle. Un homme cria sur le bateau :

– Tous les passagers doivent passer par la cabine et annoncer leur nom, vous aurez ensuite vos dortoirs d'assignés !

Des dortoirs dans ce bateau ? Il faut croire que celui-ci cachait plus de secrets qu'il ne le laissait entrevoir. Ce fut au tour de Jules et Adèle. Il laissa la jeune femme à un couple juste derrière eux :

– Pouvez-vous la garder avec vous juste quelques instants ? dit Jules. Le couple semblait des plus bienveillants. Ils avaient accepté de garder un œil sur la jeune femme en attendant le retour de Jules.

L'homme du couple mit la main sur l'épaule du garçon.

– Ton amie est ravissante, surtout ne dis pas au capitaine que tu es avec une femme ! Je dis ça pour son bien !

Jules fut pris d'une grande incertitude, serait-il mieux dans ce bateau ou à rester à La Nouvelle-Orléans ? Il n'eut pas le temps de réfléchir quand un homme cria :

– Au suivant !

Il entra dans la cabine du capitaine et il eut l'impression de remonter bien des années en arrière au temps de la piraterie alors qu'il observait la décoration.

– Nom, prénom et objet de ta venue ici ! ordonna un homme assis derrière un bureau.

– Baroni, Jules et je suis ici sans véritable raison !

– Tu es venu seul, Jules Baroni ?

– Non je suis avec une… non je suis seul, en effet, mais j'ai fait la rencontre de quelques futurs passagers semblant charmants.

– Très bien, monsieur Baroni, on a besoin de personnes charmantes ici ! Il y a un business à faire tourner.

– Quel genre de business ?

– Je suis le capitaine ici et toi, juste un passager et mon ouvrier, contente-toi juste de répondre aux questions ! Tu as de quelconques compétences qui pourraient être utiles à la vie sur le bateau ?

– Eh bien, j'ai fait de la comptabilité et, en général, je me débrouille bien pour la cuisine ! Autre chose ?

– Non, vous pouvez sortir, vous serez dans le dortoir 26, lit du bas. Vous avez de la chance, certains tombent du haut à cause des mouvements du bateau ! Vous semblez intelligent, je ferai peut-être appel à vos services ou peut-être que non !

Jules sortit de la cabine et reprit Adèle avec lui. Le couple qui était derrière eux dans les rangs questionna le garçon :

– Alors qu'est-ce qu'il a dit ? Vous avez parlé de la fille ?

demanda la femme du couple.

— Non, je n'ai rien dit pour elle. Nous partagerons le même lit, dortoir 26. Le capitaine est un peu une caricature, mais ça va aller, ne vous inquiétez pas.

Jules se dirigea au plus vite dans le dortoir qui était en réalité un conteneur. À l'intérieur, il compta six lits superposés ainsi qu'une sorte d'installation électrique pour avoir un peu de lumière. Il posa Adèle dans le lit, trouva de l'eau pour la rafraîchir et lui glissa quelques mots à l'oreille :

— Nous sommes en sécurité maintenant, tu n'as plus à t'en faire.

Mais était-ce vraiment le cas ? Ils dormaient dans un dortoir, accompagnés d'une dizaine de personnes. Il n'y avait pas de douches sur le bateau, l'hygiène se limitait à un seau d'eau froide et un savon pour se laver et la bonne centaine de personnes présentes sur le bateau n'avait que deux toilettes à se partager. Il allait falloir être fort pour résister à la traversée et où allaient-ils vraiment, d'ailleurs ? Jules écoutait les discussions autour de lui, les personnes présentes dans le dortoir semblaient toutes perdues. Elles étaient ici pour fuir une vie misérable, des problèmes ou encore retrouver de la famille, en quête d'un idéal. Jules questionna sa voisine de lit :

— Vous savez quelle est la destination de ce bateau ?

— Nous allons vers l'Europe en passant quelques jours autour des Caraïbes. Des personnes seront déposées au fur et à mesure, ainsi que de la marchandise, à ce que j'ai compris.

— Nous n'allons pas vers l'Europe directement ? s'interrogea Jules.

— Eh bien non, mon garçon ! Vous vous êtes sûrement trompé de bateau. Le précédent était direct pour l'Europe et pour des personnes avec les moyens, si vous voyez ce que je veux dire. Vous êtes sur un bateau clandestin, là, si vous ne l'aviez pas remarqué ! répondit la femme en riant.

Jules comprit qu'il avait sûrement raté de peu le bateau que Pat voulait prendre avant sa mort en direction de l'Europe. Il était monté à bord du pire transport possible, sans réfléchir, tout en embarquant Adèle dans cette histoire.

La première journée, le bateau devait longer la rivière Mississippi pour se rendre au golfe du Mexique. Les passagers allaient avoir des tâches attitrées comme l'aide au déchargement et chargement, le nettoyage, la cuisine, etc. Jules resta la plus grande partie de la journée dans le dortoir à se reposer avec Adèle qui retrouvait peu à peu ses forces. En la regardant, il songea qu'il n'avait pas indiqué au capitaine qu'elle était présente avec lui. Y aurait-il des conséquences ? Jules pensait que cela passerait inaperçu au milieu de toutes les autres femmes présentes à bord, mais il se souvenait des paroles de la dame du couple plus tôt et qu'elle lui avait indiqué de ne pas parler d'elle quoi qu'il en soit. Il décida de laisser Adèle quelques instants afin de retrouver ce couple pour avoir plus d'informations sur ce qu'il se passait dans le bateau.

Jules alla de dortoir en dortoir ou plutôt de conteneur en conteneur, mais il ne trouva personne. Il essaya de questionner d'autres passagers en leur donnant une description, mais rien n'y fit. Ils étaient introuvables. Tout à coup, un homme posé sur un lit se fit entendre :

– Qu'est-ce que tu veux, petit ? C'était l'homme du couple.

– Eh bien je n'avais rien à faire et je me pose quelques questions concernant ce bateau ! dit Jules

– Il n'y a pas de questions à se poser ! Nous sommes en enfer, mais, au moins, c'est juste pour quelques jours.

– Comment ça « en enfer » ? Et où est votre compagne ?

– Approche ! Approche, je te dis !

Jules s'approcha de l'homme qui le prit par le col d'une façon étonnamment bienveillante.

– Ma femme a peut-être sauvé ton amie, du moins, elle a fait de son mieux !

— Mais de quoi parlez-vous ?

Un autre homme vint au secours du jeune homme en répondant clairement à sa question :

— Ici, les hommes et les femmes travaillent dur, c'est le prix à payer ! Et les plus belles d'entre elles, du moins, d'après le capitaine, doivent travailler bien différemment afin de payer la traversée !

— Vous voulez dire que les femmes doivent se prostituer, c'est ça ?

— Tu comprends vite !

— Mais ils n'ont pas le droit !

— Nous n'avons pas le choix, on n'a aucun autre moyen de s'offrir cet aller simple vers l'Europe ! Nous devons céder à tout et espérer une vie meilleure !

— Combien de temps va durer ce voyage ?

— Quelques semaines pour ceux qui s'arrêtent aux Caraïbes, et sûrement quelques mois pour aller jusqu'en Europe. Nous n'avons pas tant d'informations que ça, tu sais…

Jules ne savait pas quoi faire, il était piégé dans un enfer devant les mener au paradis. Était-ce vrai ces histoires de prostitution ?

Et qu'était-ce tout cet agent que le jeune homme avait vu dans un conteneur ? C'était maintenant l'heure d'aller dormir, demain serait la première journée de travail à bord du bateau. Jules alla se coucher, il préféra laisser Adèle dans le lit qui était presque trop petit pour les accueillir. Il dormit sur le sol, la jeune femme était encore souffrante de ses blessures et elle avait besoin de tout le confort possible pour se rétablir. Jules appréhendait le lendemain, il devrait la laisser dans le dortoir afin qu'elle ne soit pas repérée. Le soleil se leva bien plus vite que Jules ne l'aurait espéré et le réveil était à 5 h du matin. Le bras du capitaine passait dans chaque dortoir pour réveiller le monde. Heureusement, il ne vérifiait pas vraiment si certaines personnes manquaient à l'appel. Adèle était donc en sécurité, bien que frustrée de ne pas pouvoir sortir et profiter du soleil. Le dortoir empestait, il fallait qu'elle trouve un moyen de se laver.

— Le travail finit à 19 h ce soir à ce que j'ai pu entendre, nous avons une petite pause le midi. Je te ramènerai de quoi te laver et manger. Pour ce qui est des vêtements, je ferai de mon mieux, dit Jules, au chevet d'Adèle, puis il partit pour sa journée de travail.

Il se retrouva avec un petit groupe qui devrait l'accompagner dans ses tâches quotidiennes. Les ouvriers étaient répartis par dortoir. Les groupes commencèrent donc par s'appeler par leur numéro de dortoir. Pour Jules, c'était le 26 comprenant 8 personnes, sans compter Adèle qui n'était pas censée être là. Il était certainement dans le dortoir le plus rempli du bateau. Le capitaine n'avait pas fait de cadeau à Jules en l'envoyant dedans. Le jeune homme voulait montrer sa bonne volonté en travaillant dur et en guidant son petit groupe du dortoir 26 sans que la tâche ne soit des plus évidentes. En effet, il y avait un bon nombre de personnes hors du commun dans ce dortoir : une femme à l'allure plutôt fragile, celle à qui Jules avait parlé la nuit d'avant, deux hommes se ressemblant trait pour trait certainement des frères qui avaient, de plus, une carrure de bodybuilders, un père et ses trois enfants dont une petite fille d'une dizaine d'années et deux fils de 16 et 19 ans. Les enfants, à part celui de 19 ans, s'occupaient de la cuisine, tandis que tous les autres restaient sur le pont du bateau pour le nettoyage.

Jules savait qu'il allait devoir passer un long moment avec ces personnes, il fallait qu'il tisse des liens pour espérer s'en sortir. Les deux frères s'approchèrent de la dame fragile et lui dirent de se reposer un peu. Malheureusement, leur bienveillance ne fut pas au goût du bras droit du capitaine :

— Tout le monde doit travailler au même rythme sur ce bateau !

La femme reprit sa serpillière et continua le nettoyage, il n'était que dix heures et la pause n'était prévue que dans deux heures. Beaucoup de personnes risqueraient de ne pas continuer à supporter ce soleil battant. Jules décida de parler directement au capitaine, mais son bras droit se mit en travers de son chemin :

— Où comptes-tu aller comme ça, toi ?

— Je veux juste parler au capitaine des conditions sur le bateau ! dit Jules.

— Mais tu dois d'abord passer par moi, mon ami, et je parlerai au capitaine !

— Très bien, cette femme-là bas et une majorité des personnes sur ce bateau ne vont pas supporter des conditions comme ça. Les dortoirs sont propres et je pense que tout le bateau va l'être dans très peu de temps, ça ne sert à rien de continuer !

— Très bien, mon garçon, très bien ! dit l'homme.

— Il a raison ! cria l'un des deux frères restés à l'arrière.

— Eh bien, faites-moi une liste des personnes concernées que je remettrai au capitaine, nous leur donnerons d'autres tâches. Rien de plus facile !

— Merci beaucoup ! dit Jules, surpris du bon déroulement de la négociation.

— Je veux cette liste dans une heure ! Au travail ! répondit l'homme avant de partir.

Jules s'empressa de trouver un papier pour noter les noms demandés. Ses collègues du dortoir 26 l'aidèrent pour l'organisation.

— OK tout le monde. Faites une file, ceux qui ne se sentent pas capables de continuer ce travail, indiquez votre nom et prénom ! dit l'un des frères.

Le père de famille du dortoir indiqua le nom de son fils de 16 ans et sa fille, la femme présente dans le dortoir le fit également et plus de 40 % de l'effectif du bateau. Jules était satisfait de l'organisation, il avait créé une forme de syndicat et allait tout faire pour protéger les plus jeunes et fragiles. Il alla sans plus attendre vers le local du capitaine afin de lui remettre la liste. Il frappa trois fois à la porte.

— Je vous en prie, entrez, monsieur Baroni !

Le capitaine était toujours derrière son bureau. Son bras droit était devant, une autre chaise à sa droite était là pour accueillir Jules.

— Prenez place, mon ami, et montrez-moi donc ce que vous avez pour moi !

— Voilà la liste des personnes qui aimeraient faire d'autres tâches !

— Merci bien, nous allons voir ce que nous pouvons faire !

Le bras droit du capitaine avait le sourire aux lèvres, comme par moquerie. Jules se souvint de quelque chose.

— Puis-je vous poser une dernière question ?

— Eh bien oui, mais ne tarde pas trop, j'ai des choses à faire !

— Est-il vrai que vous vendez des femmes à la prostitution ?

Le visage du bras droit changea totalement, mais celui du capitaine resta toujours indifférent.

— Voyons, mon ami, n'écoute pas ce que racontent les gens ! Nous ne sommes plus au temps des pirates, tu sais !

— Très bien, j'attends de vos nouvelles pour ce qui est de la réduction des tâches !

***

Jules repartit et fit savoir au reste des passagers qu'ils allaient bientôt avoir un retour de la part du capitaine. Ils devaient encore travailler toute une après-midi et le soir venu, Jules porta à Adèle le nécessaire pour se laver. Certaines personnes lui prêtèrent même des vêtements. Le lendemain, le bateau accosta dans le nord des Bahamas, à Freeport. La journée resta la même, mais, cette fois-ci, le capitaine s'adressa aux passagers en pleine après-midi :

— Toutes les personnes présentes sur la liste vont désormais être chargées de la gestion des stocks de nourriture et m'aider pour la vente. Vous allez venir sur l'île avec moi pendant que les autres continueront les tâches quotidiennes !

L'idée de Jules semblait marcher, le capitaine et son bras droit avaient écouté ses paroles.

Ils n'étaient plus qu'une trentaine de personnes sur le bateau à s'occuper du nettoyage et d'autres maintenances plus ou moins utiles. Le temps passait et il était maintenant l'heure d'arrêter le travail, de manger et dormir même si plus personne n'était là, ni le capitaine, ni son bras droit et encore moins la bonne partie des passagers qui étaient présents sur la liste. Sans trop se faire de soucis, Jules fit passer le message d'arrêter et de se reposer et si le capitaine n'était pas satisfait, il irait le voir personnellement pour le groupe. Le jeune homme tenait une place du leader au sein du personnel du bateau, il voulait que les personnes présentes avec lui se fassent un minimum respecter. Les passagers se rendaient tour à tour au dortoir 26 afin de questionner Jules pour savoir s'il avait des infos sur ce que faisaient les autres sur l'île, mais il n'avait aucune information à apporter. Il n'était malheureusement pas un porte-parole entre le capitaine et les passagers.

— Nous en saurons plus demain, ils rentreront sûrement pendant la nuit ! répéta-t-il.

Adèle se réveilla doucement. Il était 23 h, la jeune femme avait un sommeil décalé à force de passer ses journées dans ce dortoir.

— Jules, je t'ai entendu tout à l'heure. Tu disais qu'il n'y a plus personne sur le navire ?

— Oui, pour le moment, Adèle !

— Je vais sortir quelques instants, je n'en peux plus de ce dortoir.

Jules tenta tant bien que mal de la retenir. Têtue comme à son habitude, Adèle ne l'écouta pas et sortit du conteneur. Elle pouvait enfin respirer l'air frais. Le soleil était couché depuis un moment déjà et la vue des étoiles était resplendissante. Elle fit le tour du navire, rencontrant les personnes de chaque dortoir, elle retrouva goût à vivre par ces petites choses. Une famille italienne était présente à bord, elle pouvait les entendre de l'autre bout du pont. Elle alla faire la conversation, cela lui rappelait La Nouvelle-Orléans et son Enzo qui était resté dans cet entrepôt avec certainement une fin horrible comme celle d'Alma, elle ne préférait même pas y penser. Elle savourait chaque instant de sa liberté, désormais, ou plutôt de sa semi-liberté.

Deux hommes approchèrent du bateau : le capitaine et son bras droit. Adèle se cacha derrière un conteneur sans pour autant s'enfuir. Elle préférait savoir quel genre de personnes les retenaient en esclaves sur ce bateau. Ils parlaient silencieusement et se dirigeaient en direction de la cabine.

— Je savais bien qu'il ne fallait pas les vendre à Freeport. Ils ne donnent jamais rien en échange, dit le capitaine.

— C'est déjà ça de pris pour tenir une saison de plus. Il va falloir augmenter nos tarifs concernant les filles, continua le bras droit.

— Tu as raison pour une fois, en attendant nous manquons de main-d'œuvre maintenant et nous devons trouver de nouvelles marchandises !

— J'en fais mon affaire dès demain, nous nous arrêterons près de Nassau !

La conversation se termina ainsi, Adèle ne comprenait guère ce qu'elle venait d'entendre. Il fallait en parler à Jules sans plus attendre. Elle se pressa en direction du conteneur accueillant le dortoir 26. Elle cria :

— Réveillez-vous, réveillez-vous !

Le dortoir était moins rempli qu'auparavant. Des huit personnes présentes au début, il n'en restait plus que six. La femme semblant fragile la veille et deux des trois enfants du père de famille étaient partis dans la journée pour l'île, mais qu'étaient-ils devenus ? C'était un mystère dont Adèle avait peur d'avoir la réponse.

— Réveillez-vous tous, il faut que je vous parle sans attendre ! insista-t-elle.

Enzo était resté éveillé, attendant impatiemment le retour d'Adèle dans le dortoir. Il avait lutté contre l'envie de se lancer à sa recherche, de peur d'éveiller les soupçons.

— Nous sommes réveillés vu le boucan que tu fais ! Alors, qu'as-tu as nous dire ? dit le père de la famille.

— J'ai entendu deux hommes monter sur le bateau !

— Certainement le capitaine et l'autre bâtard ! dit l'un des frères.

— Oui, en effet, ça doit être eux ! Ils parlaient de personnes étant amenées sur l'île ! continua la jeune femme.

— Oui, ils devaient aller sur l'île aujourd'hui pour rechercher et vendre de nouveaux produits pour la cuisine, dit Jules.

— Et vous avez cru ces mecs ? répondit Adèle avec surprise.

— Nous n'avions pas vraiment le choix à vrai dire... lança le père de famille.

— Je dois vous dire quelque chose, mais il faut me promettre de rester calme !

Personne ne répondit à Adèle au sujet de la possibilité de rester calme. Elle continua tout de même :

— Ils parlaient d'avoir vendu des personnes à Freeport, notamment des filles. Enfin tout le monde, finalement, j'imagine.

— Comment ça « vendu » ? dit le fils du père de famille. Jules reprit les propos d'Adèle en regardant le jeune garçon :

— Elle veut dire que le méchant duo qui se trouve en haut a laissé ta sœur et ton petit frère sur l'île... mais, ne t'inquiète pas, on va les chercher !

— Ne me prenez pas pour un idiot, je comprends très bien ce qui est arrivé, dit le jeune garçon.

Le père de famille était fou de rage. L'un des frères le regarda droit dans les yeux et lui mit la main sur l'épaule, comme pour lui dire de rester fort devant son fils. Jules ne savait pas quoi faire. Il était perdu, déboussolé, il avait engendré cela à cause de la liste et allait certainement devoir répondre de son erreur face aux autres passagers.

– J'ai un plan, mais je vous préviens, nous allons tous devoir nous salir les mains !

11
Révolution

2 semaines plus tard

Deux semaines, deux semaines et toujours pas de nouvelles des passagers descendus à l'île de Freeport. Le capitaine promettait qu'ils étaient dans un autre navire et que tout ce beau monde se rejoindrait bientôt. Était-ce seulement vrai ? Grâce à Adèle, le dortoir 26 savait qu'ils ne reverraient probablement pas leurs proches. Les passagers blâmaient Jules d'avoir remis la liste de ces passagers au capitaine. Certains ne voulaient tout simplement plus lui adresser la parole et d'autres essayaient de le pousser à trouver une solution. Il s'était imposé comme un chef et devait maintenant assumer sa place. Jules promit aux passagers qu'il irait parler au capitaine le soir venu afin d'en savoir plus et de connaître au moins la situation à bord. Avant de se rendre à la cabine, il alla au dortoir 26 pour échanger avec ses collègues :

— Réunion, les amis ! dit-il et s'en suivit une continuité de personnes criant : « réunion, réunion au dortoir 26 ».

Jules avait nommé une personne pour représenter chaque dortoir. Le bateau comptait précédemment 30 dortoirs, mais la disparition d'une grande partie des effectifs diminuait ce chiffre à 15 dortoirs. Le capitaine avait décidé de regrouper les passagers pour ne pas en laisser seuls, non pas par pure sympathie, mais seulement car il serait plus simple de les surveiller ainsi. Jules commença son élocution :

— Une fois cette réunion terminée, je vais me rendre dans la cabine du capitaine afin d'avoir des explications claires !

— Eh bien, ce n'est pas trop tôt. Amuse-toi bien ! dit le responsable du dortoir 7.

Jules ne s'était pas fait que des amis.

— Selon ce qu'il me répondra, nous aviserons !

— Aviser de quoi ? Nous sommes des esclaves depuis le début ! Cette fois, c'était le responsable du dortoir 12.

Jules préféra arrêter de parler et se dirigea directement vers la cabine. Un homme le retint et lui souffla à l'oreille :

— Tu devrais dire à toutes ces personnes le plan que tu as en tête. Ils seront peut-être rassurés !

C'était le père de famille qui était toujours dévasté de la disparition de deux de ses enfants. Néanmoins, à son expression, Jules en conclut qu'il était vraisemblablement rassuré par son plan.

Le jeune homme ne lui répondit pas. Il se fraya un chemin à travers les participants de la réunion qui restaient généralement quelques minutes de plus à refaire le monde dont ils étaient déconnectés depuis quelques semaines désormais.

Jules frappa à la porte du capitaine.

— Entrez, monsieur Baroni, entrez !

Louis ouvrit la porte, le capitaine était pour une fois seul.

— Votre cher bras droit n'est pas là ? Vous en avez eu assez de lui ? dit Jules d'un faux sourire.

— C'est un peu ça. À vrai dire, je l'ai envoyé en mission !

Le capitaine semblait ouvert à la discussion. Jules décida de s'en servir pour lui soustraire quelques informations.

— Vous buvez du whisky ? lança Jules, ne pouvant pas s'empêcher de penser à son vieil ami Louis.

— En effet, êtes-vous un amateur ?

— Non à vrai dire, mais pourquoi ne pas commencer aujourd'hui. Le jeune homme ne savait pas le temps que le capitaine lui accorderait, il fallait qu'il fasse vite.

— Capitaine je vais aller droit au but, que sont-ils devenus, les passagers ?

— Eh bien ils dorment ! répondit-il en rigolant.
— Je suis sérieux, je parle des disparus !
— Eux ! Ils ne sont pas si loin à vrai dire. J'ai dit en partie la vérité aux autres passagers, ils sont sur un bateau.
— Et quelle est la partie fausse ?
— Eh bien ils ont été vendus et vont être ensuite revendus sur l'île de Sainte-Lucie pour être encore revendus et ainsi de suite, j'imagine !

Par chance, les quelques verres déjà bus par le capitaine avaient l'air de faire un effet de sérum de vérité. Il n'était pas très malin, à vrai dire à raconter sa vie ainsi à qui voulait l'entendre.

— Allons-nous vers Sainte-Lucie ? questionna Jules dans le but de peut-être pouvoir retrouver les passagers disparus.
— Non, mon garçon, et ce serait une perte de temps assurée !
— Très bien, j'ai une dernière question à vous poser. Certains de mes camarades trouvent votre bras droit incompétent à tous les niveaux. C'est juste un conseil, mais vous devriez peut-être en trouver un autre, non ?
— Et qui par exemple ?
— Moi !
— Je vais y réfléchir, jeune homme, mais tu ne manques pas de culot en tout cas !

Jules retourna à son dortoir, où Adèle était toujours présente. Certains passagers commencèrent à être jaloux d'elle. La jeune femme ne pouvait pas aller travailler par peur de se faire prendre et finir certainement vendue comme les autres passagers. Le capitaine n'avait pas épargné les jeunes femmes du bateau en les ajoutant à la liste des personnes censées être fragiles aux tâches quotidiennes. Il était désormais tard, mais sachant que le bras droit du capitaine n'était pas là pour garder le bateau, Jules organisa une nouvelle réunion sur le pont. C'était encore la même chanson : « Réunion, réunion ! » Certains cris se faisaient entendre : « Encore ? Mais vous avez vu l'heure ? » Les responsables de chaque dortoir se regroupèrent une nouvelle fois, non sans s'énerver :

— Qu'est-ce qu'il y a encore ?

— Tu as trouvé une solution miracle ?

Jules avait l'habitude des remarques des autres passagers depuis maintenant un bon moment, il laissa passer avant de prendre la parole :

— J'ai eu la confirmation que nos amis, nos frères et sœurs et familles sont bien en vie !

— Et où sont-ils, alors ? dit l'un des passagers.

— Ils sont sur un autre bateau en direction pour Sainte-Lucie, si ce que dit le capitaine est vrai !

— Et pourquoi nous devons le croire ? On va les revoir un jour au moins ?

— Ça, je ne sais pas encore, malheureusement, mais je vais tout faire pour, je vous le promets !

Jules était de bonne foi, malheureusement les résultats n'étaient pas là et les passagers commençaient à s'impatienter. Une femme d'une forte corpulence s'avança, c'était le genre de personne qui se faisait respecter d'un simple regard. Jules l'avait déjà vue plusieurs fois, sans pour autant lui adresser la parole. Elle était la responsable du dortoir 4.

— Mon garçon, mon garçon, mon garçon... se lamenta-t-elle en s'avançant vers Jules. Tu nous sers tes belles paroles depuis maintenant quelques semaines et le résultat, c'est qu'il n'y a pas de résultat ! Elle tourna son regard vers les autres responsables de dortoir afin de les rallier à sa cause. Les autres passagers commencèrent à sortir des dortoirs, entendant le discours de cette femme. Elle voulait faire grande impression et prendre les choses en main.

— Nous essayons tous de faire de notre mieux, qu'aurais-tu fait, toi, à ma place ? questionna Jules.

— Eh bien à ta place, j'aurais pris les commandes de ce bateau depuis longtemps plutôt que de faire ami-ami avec le capitaine.

Elle fut applaudie par l'ensemble des passagers, mis à part ceux du dortoir 26. Cet engouement la poussa à lever la voix afin de se faire entendre de tous. Mais ce fut Jules qui lui coupa l'herbe sous le pied en lançant :

— Ma place, je te la laisse volontiers. Je n'ai jamais prétendu être le chef ici, j'ai seulement essayé de faire les choses de la meilleure façon possible !

— Tu veux dire en cachant ton amie tous les jours pendant que les autres travaillent ? Elle aurait dû finir comme eux !

Adèle entendait depuis le dortoir les paroles de cette femme. Elle se décida à sortir, mais une autre personne sortit de sa cabine en même moment à cause de tout ce vacarme.

— Qui est cette fille dont vous parlez ? dit le capitaine en direction de la femme qui se sentait maintenant gênée.

— C'est… C'est une fille qu'il cache depuis le début du trajet, dit-elle montrant Jules du doigt.

— Monsieur Baroni, je suis extrêmement déçu ! Mes amis, j'offre l'une de mes meilleures bouteilles au premier qui me ramène cette fille ! Et toi qui parles depuis tout à l'heure, tu seras mon nouveau bras droit, mon précédent est malheureusement mort durant sa mission ! dit-il en direction de la femme.

***

Une bonne moitié des passagers se mirent à la recherche d'Adèle qui était partie se cacher. La femme au fort caractère et à l'éloquence démesurée prit le contrôle du bateau en devenant le nouveau bras droit du capitaine. Jules ne pouvait pas espérer pire situation. Heureusement, il pouvait encore compter sur les quatre dernières personnes présentes dans son dortoir, Adèle étant partie vers un endroit inconnu. Il ne restait plus que les deux frères, le père, ainsi que son jeune fils d'à peine une vingtaine d'années. Jules retourna au dortoir 26.

— Qu'est-ce qu'on va faire maintenant ? dit le père de famille.

— Tu te souviens de ton plan ? questionna l'un des frères en direction de Jules.

— Bien sûr, mais je doute que ce soit encore réalisable, répondit-il.

— Jules, c'est tout à fait réalisable ! dit l'autre frère.

— Peut-être quand tous les passagers étaient avec nous, mais maintenant, nous sommes seuls ou presque et je dois retrouver Adèle ! Nous ne savons même pas où nous sommes actuellement. Sans doute au milieu de nulle part !

Jules avait un plan clair. Pendant sa conversation avec le capitaine, il avait appris que deux pilotes se relayaient jour et nuit aux commandes du bateau. Les deux frères étaient dans la marine à l'époque, ils avaient quelques notions de pilotage qui pourraient servir au groupe. Ils devraient s'emparer des commandes, tandis qu'accompagné des autres passagers, il allait s'emparer du navire. Malheureusement, le jeune homme n'était plus en bons termes avec ces derniers. Il devait trouver une alternative afin de sauver la peau de leurs proches.

Mais pour le moment, Jules ne voulait plus entendre parler de ce plan. Il préférait chercher Adèle. Si les passagers trouvaient la jeune femme, elle serait certainement amenée au capitaine et Dieu sait ce qu'il ferait d'elle. Le jeune homme sortit du dortoir. Les deux frères, le père et son fils restèrent à l'intérieur, non pas parce qu'ils ne voulaient pas aider Jules à retrouver Adèle, mais parce qu'ils avaient un plan à leur tour. Le fils s'était fait un ami lors de leur voyage. Ce dernier avait réussi à monter à bord du navire avec un téléphone portable qu'ils comptaient utiliser pour connaître la position précise de leur bateau. Le groupe savait qu'il fallait intervenir cette nuit, le navire était en Martinique, non loin de Sainte-Lucie et s'ils n'agissaient pas maintenant, ils perdraient toute chance de libérer leurs proches. Les frères iraient prendre les commandes en enfermant les pilotes dans l'une des chambres prévues pour eux. Ils n'avaient pas encore décidé de quoi faire du capitaine, mais le temps était compté. Il fallait intervenir dès maintenant, les passagers étaient toujours activement à la recherche d'Adèle sur le pont, ce qui allait distraire le capitaine sûrement quelques heures pour leur permettre de mettre en œuvre leur plan.

Le moment était venu, les deux frères avaient réussi à se procurer une bonne vieille bouteille de gnole, de quoi donner plus de courage qu'il n'en fallait. Le père et son fils se chargeraient de surveiller les allées et venues du capitaine et de son nouveau bras droit. Il était maintenant 22 h, la nuit tombait et la petite équipe était bien décidée à se retrouver à Sainte-Lucie avant le lever du jour. Les frères n'avaient pas besoin d'armes, leurs carrures largement imposantes suffisaient à faire pâlir n'importe qui. Ils arrivèrent à la salle de pilotage du bateau. Un pilote était présent pendant que l'autre se reposait devant une télé aménagée pour ne pas manquer les derniers matchs de football.

— Le premier qui bouge, je le brise en quatre morceaux ! menaça l'un des frères.

— On ne veut pas de problèmes, faites ce que vous voulez ! dit le pilote.

Étonnamment, ils n'opposèrent aucune résistance.

— Nous sommes juste là pour nous faire un peu d'argent, on ne cherche pas les ennuis, faites ce que vous avez à faire !

Les deux frères rirent de la situation à n'en plus pouvoir.

— Eh bien ce n'était pas si difficile finalement, ça vous dirait de vous rendre à Sainte-Lucie, les gars ?

— Peu importe du moment que vous promettez de nous débarrasser de ce foutu capitaine, il ne paie pas assez !

Le marché n'était pas très difficile et ces deux pilotes étaient totalement hors du commun.

— À vrai dire, nous ne sommes pas très doués pour piloter, vous allez nous aider !

**

Le bateau changea de direction en douceur pour ne pas éveiller les soupçons. Le capitaine était toujours dans sa cabine, attendant un retour de la part des passagers recherchant activement Adèle. Il ne souciait de rien mis à part de trouver de nouveaux clients à qui vendre le reste des passagers. En effet, ce bateau était normalement prévu pour acheminer des passagers clandestins vers les Caraïbes et l'Europe, mais ce n'était que de la publicité mensongère. Ce bateau servait simplement au trafic d'humains et autres genres de dérives. Les deux frères étaient tout tranquillement dans la salle de pilotage du navire, accompagnés des deux pilotes initiaux qui voulaient tout simplement eux aussi se faire la malle avec le groupe. Ils avaient d'ailleurs une idée en tête :

– Vous ne vous êtes jamais demandé ce qu'il y a dans ces conteneurs, mis à part des dortoirs ?

– Non pas vraiment… répondit l'un des frères.

– Eh bien, il y a assez d'argent pour vivre plusieurs vies comme un roi !

– Vous avez une idée derrière la tête ?

– Nous savons surtout que le capitaine a des contacts dans chaque port, il suffirait de se faire passer pour lui et déposer toute la cargaison à Sainte-Lucie !

– Elle est bien cette île, au moins ? dit l'autre frère.

– Le paradis, mon ami, le paradis !

En seulement quelques instants, les frères avaient tissé des liens avec les deux pilotes et un plan se profilait. Était-ce une chance ou bien un accès de confiance ?

De son côté, Jules était toujours à la recherche d'Adèle. Il alla jusqu'à la salle des machines, les heures passèrent et la fatigue se faisait ressentir. Il entendit un bruit dans la pénombre.

– Jules, Jules ! Viens ici je te dis, dépêche !

C'était Adèle, elle eut un sourire à la vue de son ami.

– Eh bien si c'est ça la vie heureuse qu'on espérait, c'est un échec ! dit-elle sur le ton de l'ironie.

– On doit rester là jusqu'à demain, quelque chose me dit que les gars du dortoir ne m'ont pas attendu pour commencer le plan !

— Tu veux dire qu'on va en direction de Sainte-Lucie ?

— Je ne suis pas sûr, mais je crois que nous avons changé de direction.

Les minutes, puis les heures passèrent et les passagers n'avaient toujours aucune idée d'où se trouvaient d'Adèle et Jules. Le capitaine sortit de sa cabine. Les passagers étaient toujours aussi divisés : entre ceux prêtant allégeance et se soumettant aux ordres et les quelques-uns gardant espoir en la vision de Jules.

— Toujours pas de nouvelles concernant cette fille ? dit le capitaine haut et fort.

La femme qui lui servait de bras droit s'avança vers lui.

— Toujours pas, Capitaine.

— Avez-vous au moins vérifié la salle des machines ?

— Eh bien non, ce serait plus facile si j'avais un plan du navire...

— Bande d'incompétents, suivez-moi !

Les passagers se rendaient vers la salle des machines, accompagnés du capitaine. Or, c'était dans cette même salle que se cachaient les deux amis. Adèle et Jules entendirent une dizaine de personnes descendre les marches en métal.

— J'ai promis à tous ces passagers que si je te trouvais, ma jolie, je les laisserais tranquilles et qu'ils pourraient partir à la prochaine escale, alors tu ferais mieux de te montrer ! Je rajoute même que si tu sors de ta cachette, vous retrouverez tous vos amis disparus, je vous en fais la promesse !

Jules savait que ce n'était que des mensonges, mais la plupart des passagers étaient à bout. Le simple fait de recevoir cette promesse de peut-être revoir un jour femmes et enfants sonnait comme une merveille. Adèle ne sut quoi faire d'autre que de se montrer par elle-même.

— Non, Adèle ! Non ! dit Jules, mais il était trop tard.

— Enfin tu es là, ma jolie ! dit le capitaine. Jules se montra à son tour.

— Qu'est-ce qu'on fait d'eux, Capitaine ? demanda son nouveau bras droit.

— Amenez la fille dans ma cabine et attachez le garçon où vous pouvez !

Jules ne dit rien, il eut exactement la même réaction qu'à la suite des événements de La Nouvelle-Orléans. Glacé par la peur, il observa Adèle être amenée dans la cabine du capitaine. Qu'allait-il lui faire ? Il ne pouvait même pas l'imaginer ! Il était attaché par les passagers proches d'un conteneur. Au loin, il vit le père et son fils partageant le dortoir 26 avec lui.

— Venez par-là, venez, bordel ! dit Jules.

Les deux s'approchèrent après un moment d'hésitation. Ce n'était pas qu'ils ne voulaient pas parler à Jules, mais ils avaient pour mission de surveiller les allées et venues afin que les deux frères puissent conduire le bateau jusqu'à Sainte-Lucie sans encombre.

— Il faut me sortir de là, il a capturé Adèle ! Il a capturé Adèle, je vous dis ! Où sont les frères ?

Jules était pris d'hystérie. Le père et le fils s'observèrent en silence, semblant se consulter du regard. Ils mirent quelque temps à répondre après maintes hésitations :

— Eh bien ils ont suivi ton plan et prit le contrôle de la salle de pilotage, nous allons à Sainte-Lucie ! dit le père de famille un peu trop fort.

Dissimulé dans l'obscurité, le nouveau bras droit du capitaine entendit leurs échanges et alla sans attendre avertir le capitaine. Elle entra dans sa cabine où elle aperçut le capitaine assis à son bureau face à une Adèle en pleurs. Elle n'était pas idiote, elle savait qu'Adèle se ferait certainement violer, mais elle avait plus important à faire :

— Capitaine, deux passagers ont pris les commandes du bateau !

— Sonnez l'alarme tout de suite !

Adèle saisit sa chance et s'enfuit en courant.

— Il y a des armes dans le conteneur numéro 12, suivez-moi si vous voulez revoir vos familles. Nous allons détruire toute résistance ! dit le capitaine à haute voix à tous les passagers, tout en sortant de sa cabine.

Les deux frères et pilotes entendirent ses propos et se mirent eux aussi en alerte, fermant la porte donnant sur la salle de pilotage.

— Savez-vous où nous pouvons trouver des armes ? demanda l'un des frères aux pilotes.

— Nous avons seulement des pistolets de secours dans le petit placard !

— Ça fera l'affaire ! Continuez à piloter en attendant, nous devons être proches !

Jules était toujours ligoté sur le pont.

— Il faut vous enfuir, dit-il au père de famille et à son fils.

— Non et de toute façon il n'y a aucune échappatoire.

— Nous allons mourir ici ! continua Jules.

Un homme s'approcha du fils en lui tendant un pistolet.

— Tiens, mon petit gars, on doit tous s'y mettre ! dit l'homme.

Le fils regarda le pistolet fixement pendant quelques minutes. Il n'avait jamais eu cette sensation de force dans la main, il sentait qu'il pouvait tout changer en quelques coups.

Le capitaine, comme les autres passagers, s'était muni d'une arme et alla en direction de la salle de pilotage où il comptait faire la peau aux frères.

— Papa, je vais nous libérer de ce bâtard !

— Non, que fais-tu ? Stop ! Stop !

Le jeune fils vida le chargeur du pistolet en direction du capitaine. Au même instant, trois des plus forts passagers avaient réussi à entrer dans la salle de pilotage. L'anarchie générale était déclarée. Personne ne savait ce qui s'était passé ou ce qui allait se passer, les passagers voulaient sauver leur vie. Des coups de couteau étaient échangés. Le père et son fils allèrent détacher Enzo, le petit était sous le choc après avoir tué le capitaine, mais il pensait avoir fait le meilleur choix.

— Tout va bien, ça va aller mon grand, ça va aller ! dit Jules en direction du jeune garçon qui n'avait finalement que quelques années de moins que lui.

— Je dois retrouver Adèle et on doit absolument trouver un moyen de sortir de là !

— Je crois que j'ai une idée, mais d'abord on doit retrouver les frères ou du moins s'il en reste encore un... dit le père.

Au même moment, l'un des frères sortit de toute cette émeute. Il était salement amoché et se dirigea vers Jules.

— Ils ont eu mon frère, l'un des pilotes est toujours aux commandes en direction de Sainte-Lucie. Je ne sais pas s'il va tenir longtemps...

— Comment ça ? Les pilotes n'ont pas opposé de résistance ? questionna Jules.

— C'est une longue histoire, les amis.

— Tout le monde va s'entretuer ici ! On ne va pas passer inaperçus à Sainte-Lucie ! dit le père.

Son fils n'osait toujours rien dire, il était pétrifié n'ayant jamais tenu d'arme auparavant et encore moins tué une personne. Mais il eut une idée qu'il ne pouvait garder pour lui :

— Si le capitaine disait vrai et que l'autre bateau, rempli des passagers disparus, est bien actuellement à Sainte-Lucie, nous pourrions essayer de contacter la police sur place pour qu'ils inspectent le bateau. Pendant ce temps-là, nous pourrions profiter de cette occasion pour nous échapper ! dit le jeune garçon.

— C'est une idée brillante ! Il faut seulement trouver un téléphone et entrer en contact avec la police locale ! Peut-on trouver un téléphone ? dit Jules.

— Il est resté avec mon frère, j'en ai bien peur...

Le bateau commençait à se vider de plus en plus. La plupart des passagers étaient lourdement blessés et d'autres se cachaient pour leurs vies ou sautaient à l'eau. Le petit groupe devait retourner dans la salle de pilotage retrouver ce téléphone et s'assurer de la sécurité du dernier pilote. En cas de problème, ils devraient prendre les commandes.

— On va se charger de cette mission. Pars retrouver Adèle, elle a besoin de toi, dit le père en direction de Jules.

— Vous êtes sûrs ? Je ne peux pas vous abandonner !

— On se retrouvera vite, mon ami ! répondit le fils.

Le petit groupe restant prirent couteau en main et se lancèrent dans une expédition en direction de la salle de pilotage, le frère menait la marche, devant se défendre à plusieurs reprises contre des assaillants. Ils arrivèrent après quelques minutes à la salle de pilotage, tout le monde était mort à l'intérieur, une dizaine de corps éparpillés aux quatre coins de la pièce. Les deux pilotes avaient succombé aux coups et l'un des frères avait reçu des dizaines de coups de couteau. L'heure n'était pas à la tristesse, il fallait se sortir de cet enfer.

— Je prends les commandes du bateau ! Chargez-vous du téléphone, contactez la police !

— Mais comment on est censés trouver le numéro ? demanda le jeune garçon.

— Il y a une liste de numéros d'urgence quelque part, vers la télé, je crois ! Cherche les contacts pour l'île de Sainte-Lucie dedans !

Le garçon appela la police concernant un possible bateau appelé « Le Trident » contenant des passagers clandestins. Les policiers allaient se rendre sur place immédiatement pour prendre la situation en main, ce qui laisserait le temps au groupe de débarquer sur l'île sans être repéré.

— Il y a un autre numéro dans la liste qui dit qu'il faut l'appeler en cas d'urgence, un certain Wesley.

— Appelle-le, toute aide est bonne à prendre.

Le garçon composa le numéro, un homme tout endormi répondit :

– C'est pour quoi ?

– Bonjour, nous avons une cargaison en provenance de La Nouvelle-Orléans, nous souhaiterions débarquer cette nuit et discrètement si possible.

– Oui, j'ai entendu parler de votre bateau, mais vous étiez censés débarquer en Martinique, non ?

– Eh bien, les plans ont changé.

– Très bien, je prépare votre arrivée au port. Peu importe ce qu'il se passe sur le bateau, je vous invite à tout nettoyer et faites-moi un inventaire des stocks, s'il vous plaît. Je prends 70 % du tout.

Le groupe ne comprenait pas de quoi il pouvait parler, mais ils en conclurent qu'il serait préférable, peu importe le marché, de faire une contre-offre. Jules arriva au même moment, accompagné d'Adèle qui prit directement le téléphone.

– 50 % ! Nous devions débarquer en Martinique, mais vous avez la chance de nous avoir aujourd'hui. La moitié ou rien ! Nous gardons l'argent contenu dans les conteneurs verts et vous avez toutes les autres marchandises, ce qui fait quasiment la même somme à la revente ! lança la jeune femme.

Ils trouvèrent un accord, le groupe était assuré de pouvoir débarquer en sécurité.

– Comment tu savais pour les conteneurs et pour tout ? dit Jules à Adèle.

– Mon temps passé dans la cabine du capitaine m'a permis de voler deux ou trois documents vois-tu, c'est parfois utile d'être belle ! dit-elle d'un large sourire.

– Qu'entendait-il par « tout nettoyer » avant notre arrivée ? dit le jeune garçon.

Le père regarda son fils attentivement, ce jeune homme qui semblait encore terrorisé par les événements qui avaient eu lieu. Ce fut Jules qui lui répondit, prenant un air rassurant :

— Tu vas rester là avec Adèle. Ton père et moi, on va s'en occuper ! Il serait malvenu de faire débarquer un bateau rempli de cadavres.

Afin de mettre toutes les chances de leur côté, le petit groupe jeta tous les corps à la mer. Qu'allaient-ils dire aux survivants de l'autre bateau ? L'heure n'était pas aux questionnements, mais à la survie. Les deux hommes se mirent au travail. Il ne restait plus que quelques heures avant leur arrivée à la capitale de Sainte-Lucie, nommée Castries. Ils allaient enfin pouvoir rêver à la liberté après avoir connu l'enfer jour après jour. Le père et son fils espéraient enfin retrouver le reste de leur famille. Quant au frère restant, il espérait trouver de quoi faire sa vie sur cette île, faute d'aller jusqu'en Europe. Adèle et Jules avaient enfin une possible échappatoire, ils pouvaient commencer à espérer une vie paisible.

12
The land, the people, the light

1 an plus tard

Aujourd'hui, un mariage était célébré sur l'île de Sainte-Lucie. C'était le mariage de deux Français fortunés étant arrivés il y a tout juste un an avec pour but d'investir dans la restauration, l'hôtellerie... Ils aidaient les plus démunis en offrant du travail à tous ceux qui en demandaient. Des centaines de personnes étaient présentes pour l'occasion. Monsieur et madame Baroni avaient organisé une fête après la cérémonie qui allait durer certainement plus d'une soirée. Il n'y avait aucune restriction, tout le monde était bienvenu, un buffet illimité attendait les hôtes.

Le témoin du marié était un homme de la quarantaine taillée comme un bodybuilder. La mariée avait de nombreuses amies sur l'île, elle décida donc par pur hasard de désigner sa coiffeuse comme témoin. Les invités voulaient tous échanger quelques mots avec les nouveaux mariés, mais monsieur Baroni décida de faire un discours :

– Nous vous remercions tous aujourd'hui d'être présents avec nous. C'était important pour nous de partager ce moment avec le plus de personnes possible.

– Merci à vous ! cria avec joie un homme dans l'assemblée.

– Nous sommes arrivés il y a maintenant un an, accompagnés de quelques amis : mon cher témoin à ma droite et la belle-famille qui est réunie avec nous en ce jour. On a traversé beaucoup d'épreuves avant de trouver cette île, avant de vous trouver et nous vous en sommes à jamais reconnaissants. Merci aussi à ce cher

Wesley de nous avoir fait confiance ! dit monsieur Baroni.

La plupart des invités ne connaissaient pas l'histoire du couple et ne voulaient pas vraiment en savoir plus, se contentant d'apprécier leurs présences sur l'île et les avantages qu'ils pouvaient apporter. La soirée de mariage dura toute la nuit et le lendemain encore pour ceux qui en avaient la motivation. Les mariés passèrent la nuit de noces dans une hutte aménagée en bord de plage, un lieu incontournable pour les plus romantiques.

— Merci Jules ! s'exclama la jeune femme.

— Merci de quoi ? répondit-il.

— Merci d'avoir fait de moi ta femme et d'avoir tenu tes promesses. Nous l'avons enfin cette vie rêvée ! Jules et Adèle Baroni, ça sonne plutôt bien.

Ils passèrent le reste de la nuit ensemble, tandis que les invités étaient toujours en pleine festivité. Ces dernières durèrent jusqu'au lendemain matin.

***

Le couple ne s'accorda pas de lune de miel, ils avaient beaucoup trop de projets à réaliser, comme le suivi de la construction d'un nouvel orphelinat sur l'île. Du côté des affaires, Jules était toujours à la recherche de nouveaux partenaires, même s'il se concentrait plutôt sur sa nouvelle vie et la famille qu'ils comptaient créer.

Un mois passa. Adèle ne se sentit pas très bien, Jules préféra la savoir à la maison. Il travaillerait pour deux. Adèle préférait tout de même vérifier le travail de son mari et lui envoya pas moins d'une trentaine de messages dans la journée, non pas par manque de confiance, mais parce qu'elle aimait être informée de la moindre petite chose. Les douleurs ne passaient guère, Adèle prit la décision d'appeler une amie infirmière de l'île pour en venir à une conclusion qu'elle savait déjà inconsciemment. Elle était enceinte de Jules ! Adèle voulait un garçon et Jules préférait avoir une fille. Ils apprirent quelques mois plus tard que le bébé serait un garçon.

— Vous avez déjà une idée du prénom ? demanda une sage-femme.

— Il aura deux prénoms, Alban Louis Baroni, dit Adèle.

— Ce sont de jolis prénoms, ce petit va être magnifique comme ses parents !

— Merci beaucoup !

Le couple nageait dans le bonheur. Ils avaient déjà préparé la chambre qui allait accueillir le petit. Plusieurs amis de l'île leur offrirent des jouets et d'autres objets qui seraient utiles au quotidien. Ils comptaient bien donner à ce petit une vie loin de tout malheur et peut-être même envisager d'autres enfants par la suite. Ce petit Alban serait le début d'une grande et belle famille.

***

Malgré les quelques problèmes de santé d'Adèle liés au bébé, elle continuait de travailler dur. Ils avaient beaucoup de chantiers en cours ainsi que l'inauguration de l'orphelinat qui lui tenait à cœur. Ils comptaient organiser un dîner au sein même de cet orphelinat pour son ouverture dans quelques mois, ce qui devrait arriver juste après l'accouchement d'Adèle. Et les jours passèrent de plus en plus vite, le jeune couple avait presque peur du temps qui passait, voulant profiter un maximum de leur bonheur et craignant toujours que le malheur ne les rattrape. Il était même parfois difficile pour eux d'envisager d'être aussi heureux, cela sonnait très inhabituel. Mais ils essayaient de ne pas trop y penser et d'apprécier plutôt chaque moment ensemble, oubliant peu à peu le passé. Ils gardaient, néanmoins, deux photos de leurs années passées, l'une du groupe réuni au bar de Pat à leurs premières semaines à La Nouvelle-Orléans et l'autre, d'Adèle et de son frère Jack, parti trop tôt, au chevet de sa mère morte du cancer quelques années en arrière. Elle pensait qu'il serait heureux de voir la femme qu'elle était devenue.

***

Adèle ne parla jamais d'Enzo à Jules. C'était pour elle une belle aventure, mais qui s'arrêta brusquement, peut-être trop brusquement. Il n'était pas bon de relancer des histoires sur des morts.

***

Ils se rendirent ensemble chaque week-end au marché de l'île où ils rencontrèrent diverses personnalités locales : des chefs, des pêcheurs et des familles… Le couple avait investi dans l'ouverture d'un restaurant sur l'île qui faisait vivre une dizaine d'employés. Personne ne se questionnait sur la provenance de leur argent. Pas même les forces de l'ordre qui avaient l'habitude de voir venir de riches investisseurs venus du monde entier.

Il y avait seulement quelques personnes sur l'île qui connaissaient vraiment l'histoire du couple. Ce cher Wesley qui avait aidé Jules et Adèle à entrer sur l'île, l'un des deux frères qui avait survécu à l'aventure sur le bateau et cette famille qui avait elle aussi parcouru ce périple en réussissant à se réunir une fois sur l'île. Le plan s'était déroulé comme prévu. Une fois le bateau arrivé au port, le jeune Wesley s'était chargé de décharger la cargaison, s'occupant ensuite de vendre toutes les marchandises illégales et laissant l'argent présent dans les conteneurs aux survivants du bateau, dont Jules et Adèle faisaient partie. Ils décidèrent tous de rester à Sainte-Lucie afin de commencer une nouvelle vie. Le père et son jeune fils eurent la chance de retrouver le reste de leur famille. Ces derniers racontèrent comment les forces de l'ordre avaient investi « Le Trident » pour les libérer de l'esclavagisme auquel ils étaient condamnés. Les autres survivants du bateau ne furent jamais informés des événements et ne surent donc pas ce qui était arrivé aux autres passagers qui s'étaient tous entretués dans une révolte sanglante. La plupart d'entre eux furent rapatriés dans des camps d'immigrés à la frontière américaine. Par chance, le père de famille profita des contacts de Wesley pour faire évacuer sa famille destinée au même sort.

En cette période de crise économique mondiale, les banques n'étaient pas contre une grosse rentrée d'argent, c'est ce que fit le petit groupe en plaçant une partie de l'argent liquide présent dans les conteneurs dans une banque locale. Le reste passa par un réseau d'entreprise-écran afin de ne pas éveiller les soupçons. Ils avaient certes volé toute cette fortune, mais ils estimaient être dans leur droit puisqu'il s'agissait de l'argent qui couvrait des trafics humains. Ils utilisèrent cet argent pour faire le bien ou du moins pour aider la population locale.

Jules et Adèle marchèrent sur le port, allant de stand en stand sur ce marché plein de merveilles. La jeune femme avait beau être à huit mois de grossesse, elle n'appréciait pas de rester à la maison à se reposer, préférant prendre part à toutes les activités habituelles. Jules s'inquiétait pour elle, parfois beaucoup trop. La jeune semblait plus épuisée que les autres jours.

— Tout va bien, ma chérie ? demanda Jules d'une voix suave.
— Oui, oui, ne t'en fais pas, c'est juste la chaleur qui me tape sur la tête ! répondit-elle, se voulant rassurante.
— Tu es sûre ? Tu devrais t'asseoir quelques instants et boire un peu ! Attends, je vais te chercher ce qu'il faut !
— Ça va aller je te dis, arrête un peu s'il te plaît !

Sur ces dernières paroles, la jeune femme tomba au sol. Elle était très pâle. Jules se pressa d'appeler les urgences qui, par chance, couvraient toujours le marché, surtout pour prévenir les insolations chez les touristes. Le jeune garçon était inquiet pour sa femme, mais aussi pour le bébé qu'elle portait. Ils arrivèrent à l'hôpital de l'île en quelques minutes. Sur place, Jules la suivit partout, voulant suivre les améliorations de son état de santé.

— Est-ce qu'elle va bien ? Et pour le bébé ? demanda-t-il aux médecins.
— Désolé, monsieur, mais vous allez devoir attendre en dehors du bloc, on vous tiendra informé de la suite au plus vite !

Jules patienta encore et encore. Il tourna en rond dans une salle d'attente jusqu'à en perdre la notion du temps. Dès qu'un bruit se faisait entendre, il réagissait nerveusement en pensant que c'était pour lui. Puis le même médecin vint vers lui.

— Est-ce que tout va bien ? demanda Jules.

– Tout va bien. Ils se reposent maintenant.
– Comment ça « ils » ?
– Il y a eu quelques complications, nous avons dû procéder à l'accouchement.
– Mais il est trop tôt, non ?
– Ne vous inquiétez pas, le bébé est fort. On va le garder avec sa maman quelques jours et ils seront de retour parmi vous.
Le médecin emmena Jules jusqu'à Adèle et le bébé.
– Comment allez-vous l'appeler ce beau garçon ?
– Nous hésitions entre Louis et Alban, mais maintenant que vous me dites qu'il est étonnement fort, nous allons opter pour Alban.

Adèle ne resta que quelques jours à l'hôpital. Le bébé, quant à lui, fut gardé en observation un peu plus longtemps afin de s'assurer qu'il n'avait aucune complication. Leur maison était plus que prête pour l'accueillir. Tout était mis en place pour que cet enfant grandisse dans un bonheur absolu. Ce bébé fut, pour le couple, une bénédiction, des dizaines de personnes venaient tous les jours pour le voir et apporter de l'aide au couple qui restait très occupé avec ses projets professionnels.

***

Les mois passèrent, c'était le jour de l'ouverture de l'orphelinat qu'Adèle attendait tant. Un dîner était organisé pour l'occasion, accueillant toutes les personnes qui avaient aidé à rendre ce projet possible. Amis de Sainte-Lucie et des îles voisines rejoignirent bien vite la fête. C'était aussi l'occasion de parler affaires et de lier de nouveaux contacts. Pour l'occasion, ils firent garder Alban et se mirent sur leur trente-et-un.

Lors de la soirée, le cher Wesley, fraîchement revenu de Cuba, eut une suggestion à faire au couple :
– J'ai rencontré des personnes qui seraient intéressées par l'expansion de votre business vers Cuba !
– Bon, continuez à parler, moi, je vais me chercher un verre !

dit Adèle.

— Alors, c'est quoi cette histoire avec Cuba ? interrogea Jules.

— Il y a deux gars que j'ai rencontrés lors d'une soirée. Je ne te cache pas qu'ils trempent dans des affaires pas claires, mais comme vous aujourd'hui, ils cherchent à entrer dans la légalité et ils seraient prêts à échanger sur un possible partenariat pour étendre vos affaires jusqu'à Cuba !

— Tu sais, Wesley, l'argent ne nous intéresse pas forcément, mais si tu peux faire venir l'un de ces gars ici, je serai ravi de lui parler quelques instants, sait-on jamais !

Wesley allait donc prendre contact avec l'un de ses hommes à Cuba pour organiser une rencontre. Il ne perdit pas de temps et l'appela sans même attendre la fin de la soirée. Après quelques minutes, il revint vers Jules.

— Il est d'accord !

— Quoi ? Déjà ?

— Oui, déjà. Ne t'en fais pas, ce sont des mecs bien, l'un d'eux viendra samedi !

— Nous devons garder le bébé samedi… Bon, je trouverai un moyen !

Jules expliqua la situation à Adèle qui comprit. Le garçon était un éternel inquiet quand il s'agissait de sa famille, il avait toujours peur de mal faire les choses ou de décevoir sa bien-aimée alors que c'était tout le contraire. La soirée d'inauguration de l'orphelinat fut un grand succès, récoltant des fonds supplémentaires afin de subvenir aux besoins des enfants.

***

Le week-end arriva et Jules devait se rendre à ce rendez-vous organisé par Wesley.

— Je serai rentré avant la fin de l'après-midi, ma chérie, ou même avant si c'est ennuyeux ! dit-il à Adèle.

— Ne t'inquiète pas, prends ton temps.

Adèle savait que son mari voulait toujours en faire trop pour eux, elle était heureuse qu'il puisse un peu se sortir la tête de sa vie familiale. Jules partit attendre son invité dans un hôtel qu'il avait récemment acheté avec d'autres investisseurs des environs. Il était reçu là-bas comme un roi, même si cela ne lui plaisait guère. Ce rendez-vous fut si passionnant qu'il oublia totalement sa promesse de rentrer en fin d'après-midi. Il arriva chez lui seulement dans la soirée, saoul, alors que le petit était déjà couché.

— Je suis désolé ma chérie, c'était plus long que ce que je pensais !

— J'imagine que c'était intéressant. De quoi avez-vous parlé, alors ? questionna-t-elle.

— Eh bien de tout et de rien, finalement, mais nous allons nous recontacter d'ici peu pour parler plus sérieusement.

— Oui, je veux bien te croire ! dit-elle en souriant à l'histoire de son mari.

— Bon, je vais me coucher, moi ! dit Jules, exténué et toujours un peu saoul.

— Je te rejoins bientôt, je finis mon livre, répondit-elle.

Jules posa la carte de visite de l'homme qu'il avait rencontré plus tôt sur la table basse proche d'Adèle. La jeune femme resta dans le canapé pendant un peu moins d'une heure, un thé à la main avant de rejoindre son mari. Dans son mouvement pour se lever, elle fit tomber la carte. Elle se baissa et la ramassa.

Soudain, son cœur se mit à battre à toute allure quand elle vit le prénom sur la carte, « Enzo ». Il y avait sans doute des dizaines d'Enzo à Cuba, mais un Enzo qui était associé à un Souleyman, c'était plus que rare. La jeune femme était sous le choc, elle pensait ses amis et son ancien amant morts il y a de ça quelques années. Que devait-elle faire ? Le contacter et lui expliquer la situation ? Faire comme si de rien n'était ? Elle arrêta de réfléchir et prit son téléphone pour contacter Wesley qui connaissait vraisemblablement Enzo.

— Adèle, c'est toi ? Pourquoi m'appelles-tu à cette heure ? Tout va bien ?

— Tout va bien, je n'ai pas le temps de t'expliquer. Il faut que tu me trouves un transport pour Cuba dans l'heure. Je dois être revenue demain dans la soirée !

— J'imagine que je ne peux pas te demander pourquoi... Rejoins-moi au port dans 20 minutes.

Adèle ne prit pas la peine de réveiller Enzo et son petit qu'elle savait ensemble en sécurité, elle laissa simplement un mot :

J'ai quelque chose à régler, je suis de retour demain soir, promis.

***

La jeune femme se rendit au port où Wesley l'escorta jusqu'à une petite piste. Elle prit un vol de nuit direction La Havane. Pendant la nuit, Jules, comme à son habitude, se réveilla pour aller chercher à manger dans la cuisine. Il fut surpris de ne pas voir Adèle à ses côtés. Où était-elle ? Il jeta un œil dehors, puis vit son téléphone sur le canapé. Il le prit connaissant le mot de passe qui correspondait à leur année de mariage. Il cherchait le moindre indice, rien n'était suspect dans ses messages, mais il y avait ce dernier appel à Wesley deux heures plus tôt. Jules avait peur, qu'est-ce que sa femme faisait ? Ou était-elle ? Il contacta Wesley sans plus attendre :

— Où est Adèle ? Dis-moi tout de suite où elle est, Wesley !

— Je ne sais pas, mon vieux, elle n'est pas chez toi ? Aux alentours ?

— Ne me prends pas pour un con, elle a appelé ton numéro dans la nuit ! Tu as une relation avec elle, c'est ça ?

— Ne dis pas n'importe quoi !

— Alors quoi ? Dis-moi la vérité, tu me dois bien ça !

— C'est compliqué et je n'ai pas tout compris, à vrai dire, mais ta femme semble connaître ce gars de Cuba, cet Enzo.

— Mais comment pourrait-elle le connaître ?

— Je ne sais pas, elle parlait d'une histoire à La Nouvelle-Orléans ou un truc du genre !

— La Nouvelle-Orléans, tu as dit ? Wesley, je dois aller à Cuba au plus vite.
— Et le bébé, Enzo ?
— Je dois le prendre avec moi, je n'ai pas d'autre choix…

***

Enzo se rendit, comme sa femme quelques heures plus tôt, au port afin de rejoindre Wesley. Malheureusement, le prochain pilote n'était disponible que le matin suivant. Jules fut donc contraint d'attendre de longues heures. Le jeune homme avait peur, peur de perdre tout ce qu'il envisageait avec sa femme, peur pour son bébé aussi. Il ne voulait pas qu'il devienne comme lui, un enfant abandonné de plus.

— Qu'est-ce que tu comptes faire, Jules ? dit Wesley.
— Il faut que je trouve cet Enzo. Adèle ne devrait pas être bien loin, j'imagine…
— Sais-tu au moins où il se trouve ?
— À ton avis ! Bien sûr que non !
— Je vais contacter son supérieur, il pourra peut-être me donner plus d'informations !

Wesley s'éloigna pour appeler la personne en question qui répondait jour et nuit à son téléphone. Bien sûr, il inventa une histoire prétextant que Jules serait ravi de venir à La Nouvelle-Orléans dès que possible. Il lui répondit que le plus tôt serait le mieux et qu'un meeting devait être organisé dans la journée afin d'introduire les nouveaux partenaires. Jules pourrait ainsi assister à ce meeting, tout en recherchant Adèle afin de mettre les choses au clair. Le lieu de la réunion était prévu dans le plus prestigieux hôtel de Cuba. Jules était déterminé à faire revenir sa femme à Sainte-Lucie avant la fin de cette journée.

13
Misunderstood

Enzo

Enzo repartit de Sainte-Lucie. Il apprit dans l'avion ce qui était arrivé à Souleyman, du fait des messages vocaux reçus. Que devait-il faire ? Qui avait trahi le groupe ? Était-ce un coup des Italiens ou de son propre clan ? Enzo commençait à angoisser, il enchaînait les verres de whisky et tout ce qu'il trouvait dans l'avion. Il devait arriver à Cuba pendant la nuit et beaucoup de personnes le savaient. Il décida d'indiquer au pilote d'atterrir à un autre aéroport de Cuba et le surveilla attentivement, il ne voudrait pas que ce même pilote informe des personnes au sol de ce changement. Le jeune devint extrêmement paranoïaque. Il devait trouver un plan au plus vite et se cacher au moins quelques heures. Son portable sonna, c'était un numéro inconnu.

– Oui, allô ?
– C'est Jules, tu te souviens ? Le mec de Sainte-Lucie.
– Bien sûr, tout va bien mon vieux ?
– Où est ma femme ?
– Ta femme ? Mais je ne connais pas ta femme, de quoi parles-tu ?
– Elle a pris un vol pour Cuba pendant la nuit !
– Mais pour quelle raison ? Je ne comprends rien mon vieux, je t'assure.
– Un de mes partenaires a pris contact avec ton supérieur qui m'attend pour un meeting ce midi, je ne sais pas ce qui se passe chez vous, mais je vais ramener ma femme !

Enzo ne comprenait rien à cette histoire, mais il fit de son mieux pour apaiser Jules :

— Très bien, on se retrouve là-bas.

Les questions tournaient dans sa tête. L'avion arriva à Cuba. Le jeune homme avait une idée en tête, il allait se rendre à l'hôtel dès maintenant, en plein milieu de la nuit, où il allait attendre bien sagement l'arrivée du Russe afin d'avoir des explications. Un taxi alla chercher Enzo qui arriva après une petite heure au fameux hôtel Flamingo. Bien sûr, la réception de l'hôtel était vide, les touristes et autres personnes étaient soit au casino ou à l'un des clubs de la ville ou tout simplement en train de dormir. Enzo se dirigea vers la réceptionniste de nuit.

— C'est pour une réservation ? demanda-t-elle.

— Eh bien non, j'ai un meeting ici à 12 h. Je sais qu'il est très tôt ou bien tard selon les points de vue.

— Très bien, vous pouvez attendre à notre bar ou réserver une chambre en attendant si vous voulez.

— Je préfère attendre dans la salle !

— Puis-je vous demander votre nom, Monsieur ?

Enzo savait qu'il ne serait pas sur la liste d'invités, mais Jules de Sainte-Lucie le serait certainement.

— Je m'appelle Jules. Jules Baroni.

— Très bien, monsieur Baroni, je vais vous indiquer la salle du meeting. N'hésitez pas si vous avez besoin de quoi que ce soit.

— Juste une bouteille de whisky, s'il vous plaît, et s'il y a un téléphone dans la salle, prévenez-moi quand l'organisateur arrive, merci !

Le plan d'Enzo fonctionnait à merveille. Il n'avait qu'à attendre paisiblement le Russe afin d'avoir des explications et il le fit pendant toute la matinée. À 11 h, le téléphone sonna enfin.

— Monsieur Baroni ? dit la réceptionniste pensant parler à Jules et non à ce cher Enzo.

— Je vous écoute ! répondit-il.

— L'organisateur du meeting est là, il va vous rejoindre dans quelques instants !

— Merci beaucoup !

Enzo se tint prêt à intervenir. Il posa son pistolet sur la table quand le Russe, confiant, fit son entrée.

— Enzo, c'est toi ? On m'a dit que monsieur Baroni était arrivé !

— Eh bien non, surprise ! Maintenant tu vas tout me dire ou je te colle une balle dans la tête sans hésitation !

Le Russe tenta d'user, comme toujours, de son charme :

— Mon garçon, que fais-tu ? Il n'y a rien à expliquer. Tu es mon partenaire le plus fidèle, voyons ! Calme-toi un peu, ça va aller !

— Me calmer ? Souleyman m'a contacté, je ne sais même pas s'il est encore en vie ! Il m'a dit pour la trahison, le pilote que tu as engagé a essayé de le tuer !

Le portable du Russe se mit à sonner, mais il ne répondit pas. Enzo fit un signe de son pistolet en direction du téléphone :

— Tu réponds et tu poses le portable sur la table, je veux tout entendre ! C'était un appel de Louis.

— Je suis dans l'avion avec mon agent du FBI et ton partenaire, ce Souleyman. Tu m'entends ? Est-ce que tu as réussi à te charger d'Enzo ? Bon, j'arrive dans environ une heure !

Le Russe ne répondit pas. Enzo fut pris de rage et tira sur lui en pleine tête. La réceptionniste entendit un bruit et préféra appeler la salle de réunion.

— J'ai entendu du bruit, est-ce que tout va bien ?

— Oui, parfaitement bien. Faites attendre les invités jusqu'à midi !

Par chance, la salle comptait quelques placards où le corps serait le bienvenu. Enzo comptait maintenant expliquer la situation aux autres partenaires et régler cette conspiration.

Vol Nouvelle-Orléans – Cuba

Louis était dans l'avion menant à Cuba, accompagné de l'agent Devitt et d'un Souleyman agonisant. Devitt dut aller aider le pilote pendant le vol pendant que Louis restait à surveiller Souleyman. Il en profita pour appeler le Russe et le tenir informé de la situation.

– Je suis dans l'avion avec mon agent du FBI et ton partenaire, ce Souleyman. Tu m'entends ? Est-ce que tu as réussi à te charger d'Enzo ? Bon, j'arrive dans environ une heure !

Louis ne reçut aucune réponse de la part du Russe, il entendit seulement un coup de feu.

– Merde, mais qu'est-ce qu'il se passe là-bas ? s'inquiéta-t-il.

L'avion atterrit quelques minutes plus tard à Cuba. Louis prit Souleyman avec lui, tandis que l'agent Devitt les suivait. Un chauffeur attendait le groupe afin de se rendre à l'heure au meeting prévu à l'hôtel Flamingo. Ils montèrent dans la voiture, Louis était devant.

– Maintenant, je n'ai plus qu'à amener ce gars au meeting, lui faire signer quelques papiers et tout ce business sera entre mes mains. Nous allons détruire ce monde de l'intérieur ! dit Louis.

Malgré sa souffrance, Souleyman entendit la conversation. Il regarda l'agent Devitt.

– Vous croyez être qui dans ce jeu ? Une fois qu'il aura repris cet empire, il deviendra à son tour comme les autres ! Son but n'est pas de faire le bien !

– Ne dis pas n'importe quoi, nous avons un plan depuis maintenant deux ans pour réduire ce business à néant. Nous allons réussir et venger tous ces morts de La Nouvelle-Orléans, dit l'agent Devitt.

– Vous ne comprenez donc rien, c'est à cause de vous que ces gens sont morts ! À cause de toi aussi, Louis !

– Qu'est-ce que tu veux dire par là ? questionna l'agent.

– Arrête de parler ! ordonna Louis.

– C'était bien nous qui avons installé les bombes, mais

l'objectif était de ne faire aucun blessé ! Et toi, Louis, tu es arrivé et tu as tout fait échouer ! Nous aurions pu anéantir le mal il y a de cela deux ans, puis tu es arrivé, prenant la place de ce mal.

— C'est vrai ce qu'il raconte ? questionna encore l'agent.

— Ne l'écoute pas, il ment comme il respire !

— Arrêtez la voiture, arrêtez je dois descendre ! Arrêtez la voiture, j'ai dit, dit Devitt qui sortit son pistolet en direction du chauffeur.

Louis décida de prendre la fuite, il ouvrit rapidement la portière et sauta de la voiture, puis se releva pour partir dans une course effrénée à travers des petites ruelles impraticables en voiture.

— L'enfoiré ! s'énerva l'agent Devitt.

— Nous devons nous rendre à l'hôtel. Il parlait d'un meeting ! Il faut s'y rendre pour mettre la situation au clair ou bien ce sera un véritable bain de sang ! dit Souleyman.

— Très bien, nous avons quelques minutes alors expliquez-moi toute cette histoire !

Les deux hommes se rendirent en direction de l'hôtel Flamingo. Souleyman expliqua à l'agent Devitt tout ce qu'il savait jusqu'à maintenant. Une fois sur place, ce dernier se précipita à la réception, essayant d'aider Souleyman tant bien que mal.

— Un meeting doit se tenir ici, nous devons y prendre part ! dit l'agent Devitt.

— Il y a des dizaines de meetings aujourd'hui, messieurs ! Est-ce que vous allez bien ? dit-elle en voyant l'état de Souleyman.

— Écoutez-moi attentivement, vous savez de quel meeting nous parlons alors indiquez-nous l'endroit et faites évacuer cet établissement ! continua furieusement Devitt en montrant son badge.

La réceptionniste s'exécuta, prise de panique. Les deux hommes allèrent en direction de salle de meeting qu'elle indiqua.

— Messieurs, messieurs, excusez-moi ! Que dois-je faire pour le bébé ?

– Le bébé ? questionna Souleyman.
– Oui, un premier homme est entré dans la salle du nom de Baroni, puis un deuxième homme portant le même nom est entré à son tour, aussi furieux que vous d'ailleurs. Il m'a laissé son enfant.
– Je vais dans la salle, occupe-toi de l'enfant ! Et fais en sorte que Louis ne puisse pas pénétrer à l'intérieur, il faut arrêter ce type avant qu'il ne nous tue tous ! s'exclama Souleyman.

L'agent Devitt fit évacuer l'hôtel, puis il garda les issues, accompagné des forces de l'ordre locales. L'hôtel était désormais gardé comme une forteresse. Le jeune bébé de Jules et d'Adèle était maintenant entre les mains de l'agent.

Quelques heures plus tôt

Adèle arriva à Cuba au petit matin, elle pensait contacter Wesley une fois sur place pour en savoir plus. Malheureusement, son portable était resté à la maison, à Sainte-Lucie. Comment allait-elle faire pour retrouver Enzo sur cette île ? Elle se rendit au premier hôtel venu avec un plan en tête.

– Bonjour, Madame, vous avez une réservation ? dit un réceptionniste

– Non, j'ai simplement besoin de vos services.

– Très bien, Madame, comment puis-je vous aider ?

– Pouvez-vous vérifier s'il y a le moindre meeting ou la moindre chambre réservée au nom d'un certain Enzo dans chaque hôtel de La Havane ?

– Vous me demandez l'impossible, là !

– Recherchez seulement les hôtels les plus luxueux, s'il vous plaît !

Adèle tendit de l'argent au réceptionniste pour l'encourager dans ses recherches.

– Très bien, Madame, puis-je avoir votre nom, peut-être ?

– Oui, c'est madame Baroni.

Pendant pas moins de deux heures, le réceptionniste fit un vrai travail d'espionnage. Il n'obtint aucun retour satisfaisant jusqu'à cet appel à l'hôtel Flamingo.

– Madame ! Madame ! dit-il en direction d'Adèle.

– L'avez-vous trouvé ?

– Pas exactement, mais une réceptionniste me dit qu'elle a un certain monsieur Baroni sur une liste d'invités à un meeting qui a lieu à 12 h à l'hôtel Flamingo !

– Vous avez le prénom de cette personne ?

– Jules !

Adèle prit conscience que son mari était présent sur l'île. Il ne lui avait pourtant pas parlé de ce meeting Cuba, était-il là pour la retrouver ?

La matinée passa vite et la jeune femme se décida à se rendre dans cet hôtel sans plus attendre. Une fois sur place, elle indiqua à la réceptionniste être la femme de monsieur Baroni et vouloir l'attendre ici, ce à quoi la réceptionniste répondit :

– Votre mari est déjà arrivé, je vous invite à vous rendre dans la salle !

Elles ignoraient toutes deux qu'Enzo s'était fait passer pour Jules un peu plus tôt. Adèle se dirigea vers la salle de meeting et resta estomaquée lorsqu'elle découvrit l'homme dans la salle :

– Enzo ?
– Adèle, c'est toi ? Mais comment ? Tu es morte !
– Et tu t'es manifestement fait passer pour mon mari !
– Je ne comprends pas, ça n'a pas de sens.
– Monsieur Baroni ? Les invités sont là, dont un homme portant également votre nom ! C'est un cousin ? demanda la réceptionniste au téléphone.
– Faites-les entrer, répondit-il.

Jules, de son côté, était arrivé à l'hôtel à l'heure prévue, bien décidé à retrouver sa femme et à mettre les choses au clair avec cet Enzo. Il laissa le bébé à la réception en lui disant :

– Attends-moi sagement ici, petit Alban. Papa revient très vite avec Maman !

Puis, il se rendit avec les autres invités en direction de la salle de séminaire. Il ouvrit la porte.

– Adèle ! Qu'est-ce qui se passe ici ? s'exclama-t-il en apercevant sa femme.
– Viens t'asseoir, nous en parlerons. Tu vas tout comprendre, mon amour !

Enzo, présent en bout de table, comprit que le monsieur Baroni qu'il avait rencontré à Sainte-Lucie était le mari d'Adèle.

– Qu'as-tu fait du bébé ? questionna Adèle.
– Je l'ai laissé à la dame de la réception. Ne t'en fais pas !

C'était maintenant au tour de Souleyman d'avancer vers le

couloir menant à la salle du meeting. Il ouvrit la porte difficilement, totalement épuisé de toute cette aventure.

— Enzo ! Le Russe, c'est lui le traître ! Il veut nous liquider et partager nos affaires avec un nouveau partenaire !

— Vous le saviez ? demanda Enzo en regardant les convives.

— Bien sûr que non, mon ami. Le Russe a toujours gardé ses plans pour lui. On doit faire avec la plupart du temps, dit l'un des hôtes.

— Eh bien sachez que vous n'aurez plus jamais aucun problème, je me suis occupé du Russe ! dit Enzo.

Adèle ne reconnaissait pas l'homme qu'elle avait aimé par le passé.

— Rien n'est fini Enzo ! Ce partenaire, cet homme qui nous traque depuis La Nouvelle-Orléans, il est ici à Cuba ! continua Souleyman.

La situation devenait de plus en plus tendue. Adèle et Jules échangèrent un regard.

— Quel est le nom de cet homme ? questionna Jules.

— Cet enfoiré s'appelle Louis.

Souleyman n'avait même pas pris la peine de regarder les participants du meeting, puis il vit Adèle.

— Adèle ? C'est toi ? Tu es vivante ?

— Mon Dieu, qu'est-ce qu'il se passe ici ! dit Jules.

Puis un homme entra dans la pièce, armé d'une mitrailleuse. Il avait profité de sa fuite pour s'armer et pour rallier les mercenaires qui avaient régulièrement travaillé pour son compte. Il ne fit aucune différence et tira sur tout le monde dans la pièce. Chaque personne tomba l'une après l'autre.

***

L'agent Devitt était toujours en dehors du bâtiment en pleine confrontation avec des personnes qu'il ne connaissait pas. Il n'avait jamais entendu parler d'elles dans son enquête ! Il comprit que Louis devait y être pour quelque chose. Réussissant à se frayer un chemin jusqu'à l'intérieur de l'hôtel, il entendit le bruit caractéristique de la mitraillette. À l'intérieur, Louis était satisfait du travail, faute d'avoir fait affaire, il avait liquidé toute la concurrence en quelques minutes. Il vit au sol un Souleyman agonisant.

– Reste en vie, mon ami, reste en vie le temps de signer quelques papiers, puis je serai le seul propriétaire de tout cet empire que vous vous efforcez de créer !

– Tu ne comprends donc rien ! Ta vengeance n'est que du vent, murmura Souleyman.

– Répète un peu ça ! dit furieusement Louis.

– Regarde plutôt autour de toi et tu n'y verras pas seulement les corps de tes ennemis.

Louis ne comprit pas les paroles du jeune homme et regarda tout de même autour de lui à la recherche d'un visage familier.

– Jules...

– Louis... répondit le garçon à terre, la main sur son ventre ensanglanté.

– Que fais-tu ici, Jules ? Tu es mort à La Nouvelle-Orléans ! Je vais te sortir de là !

L'agent Devitt arriva dans la pièce.

– Non, Louis, je vais mourir ici avec Adèle, comme on se l'est promis ! Nous sommes mariés maintenant ! Occupe-toi bien du petit, s'il te plaît !

Louis était tétanisé en réalisant qu'il avait tiré sur ses amis. Son teint devint pâle, il ne put retenir ses larmes de couler sur ses joues.

– Louis... Qu'as-tu fait ? s'exclama l'agent, horrifié.

– Devitt, prenez soin de l'enfant, je vais rester ici avec mes amis ! dit Louis.

– Comment ça rester ici ?

Louis se tira une balle en pleine tête, ne pouvant pas supporter plus longtemps ses actions.

Il paraissait impossible pour le jeune homme de vivre plus

longtemps cette vie, cette vie qui laissait à jamais un enfant seul, ce nouveau-né qui était devenu un orphelin à cause de lui. Un jeune garçon qui devrait se construire dans un monde en constante déconstruction.

Épilogue

**1 semaine plus tard
Cuba**

L'agent Devitt avait enfin fini son rapport impliquant les événements de Cuba. Il pouvait dorénavant rentrer aux États-Unis et apporter ses conclusions à toute cette affaire. Son téléphone sonna, c'était l'un de ses collègues l'appelant depuis le bureau du FBI de La Nouvelle-Orléans.
- Devitt ? dit la personne.
- Oui, je t'écoute.
- L'homme qui était dans le coma, il s'est enfin réveillé aujourd'hui. Ce mec est un sacré dur à cuire même après deux ans ! Il paraît qu'il a essayé de frapper tous les médecins sur place à son réveil !
- Retenez-le, je veux m'entretenir avec lui !

**Le lendemain
Nouvelle-Orléans**

L'agent Devitt entra dans un hôpital et se rendit en direction d'une chambre. Un homme était allongé dans un lit.
- Vous êtes qui vous encore ? dit l'homme.
- Je suis l'agent Devitt, vous avez été dans le coma pendant deux ans...
- Merci, je sais tout ça ! Je cherche juste à savoir où sont mes amis et personne ne peut me répondre ! Dites, vous vous promenez souvent avec votre gamin pendant le travail ? s'étonna l'homme.
- À vrai dire, ce n'est pas mon enfant ! répondit Devitt en

souriant.

— Alors vous vous promenez avec les enfants des autres ? C'est encore mieux ! Vous pouvez sortir, s'il vous plaît ? Je commencerais presque à avoir peur de vous ! dit l'homme, sur le ton de l'ironie.

— C'est assez long à expliquer, mais, d'après moi, je peux répondre à certaines de vos questions.

— Ah oui ? Vraiment ? Bon, sérieusement, sortez maintenant, j'ai besoin d'être seul !

L'agent Devitt écouta l'homme et se prépara à sortir de la chambre.

— Très bien, mon ami ! je vous laisse mon numéro, quand vous aurez retrouvé la raison, n'hésitez pas à me contacter ! dit Devitt avant d'ouvrir la porte de la chambre à nouveau.

— Agent Devitt ?
— Oui ?
— Comment s'appelle cet enfant ?
— Il porte le même prénom que vous… Alban !

Printed in Poland
by Amazon Fulfillment
Poland Sp. z o.o., Wrocław